Duas Novelas de Amor

Duas novelas de amor
© Herdeiros de Fernando Sabino, 1994

Conforme a nova ortografia da língua portuguesa

Editor	Fernando Paixão
Editor assistente	Sérgio Tellaroli
Preparadora	Lizete Mercadante Machado
Coordenadoras de revisão	Ivany Picasso Batista
	Sandra Brazil
Revisoras	Márcia Cristina Costa
	Márcia Nóboa Leme

ARTE
Editor	Marcello Araujo
Assistente	Suzana Laub
Capa	Douné Rezende Spinola (a partir de desenho de Alfredo Ceschiatti)
Editoração eletrônica	Estúdio O.L.M.

As novelas "O outro pai" e "Noite única" pertencem à obra *O galo músico*, contos e novelas de Fernando Sabino, publicada pela Editora Record

CIP-BRASIL. CATALOGAÇÃO NA FONTE
SINDICATO NACIONAL DOS EDITORES DE LIVROS, RJ

S121d
2.ed.

Sabino, Fernando, 1923-2004
   Duas novelas de amor / Fernando Sabino. - 2.ed.
- São Paulo : Ática, 2007.
   112p. : - (Fernando Sabino)

   Inclui apêndice e bibliografia
   Contém suplemento de leitura
   ISBN 978-85-08-10714-8

   1. História de amor. 2. Literatura infantojuvenil.
I. Título. II. Título: O outro pai. III. Título: Noite única.

06-3387.
                                                              CDD: 028.5
                                                               CDU: 087.5

ISBN 978 85 08 10714-8 (aluno)

2018
2ª edição
4ª impressão
Impressão e acabamento: Renovagraf

Todos os direitos reservados pela Editora Ática, 1998
Avenida das Nações Unidas, 7221 – CEP 05425-902 – Pinheiros – São Paulo, SP
Tel.:(0xx11) 4003-3061
www.aticascipione.com.br – atendimento@aticascipione.com.br

IMPORTANTE: Ao comprar um livro, você remunera e reconhece o trabalho do autor e o de muitos outros profissionais envolvidos na produção editorial e na comercialização das obras: editores, revisores, diagramadores, ilustradores, gráficos, divulgadores, distribuidores, livreiros, entre outros. Ajude-nos a combater a cópia ilegal! Ela gera desemprego, prejudica a difusão da cultura e encarece os livros que você compra.

EDITORA AFILIADA

Duas Novelas de Amor

Fernando Sabino

editora ática

Duas Novelas de Amor

Unidas pelo amor

As duas novelas de amor que compõem este livro são obras de outro tempo, unidas pelo denominador comum do universo feminino.

Na época em que decorre a ação de "O Outro Pai", ainda não existia televisão, e "novela" era apenas um gênero literário entre o conto e o romance. Em 1948, quando a escrevi, antes de conhecer e admirar as de Joseph Conrad, Anton Tchekhov, Henry James e outras obras-primas da literatura universal, eu vivia sob a poderosa influência dramática dos romances brasileiros de Octavio de Faria.

Era um tempo em que amor, sexo e culpa, subordinados à religião, constituíam praticamente uma só realidade, tanto para a adolescência da personagem como para a mocidade do autor. Desde então, parece ter havido uma liberação gradual dos costu-

mes em meio à juventude, com reflexos na literatura. Inclusive na minha.

A primeira versão da novela, destilando tragédia em cada página, continha trechos como este final, posteriormente suprimido, em que a jovem adolescente vai enfrentar a mãe e a encontra morta:

"... subitamente resoluta, ela avançou através da sala em direção ao quarto da mãe, de onde a morte emanava em grandes ondas de silêncio. Empurrou docemente a porta e entrou. A sala ficou vazia por um instante, enquanto lá dentro do quarto Silviana chamava pela mãe inutilmente e afinal acendia a luz. Então um grito apavorado ecoou por toda a casa silenciosa e morta. Pouco depois ela surgia na porta em passos incertos, avançava até o centro da sala como um autômato, os olhos esgazeados, e se esvaía num grito de agonia: 'Papai!' Suas pernas vacilaram e ela tombou desmaiada. Na queda, o quimono se abriu, expondo as formas puras de um corpo jovem de mulher que a noite entrando pela janela logo envolveu e possuiu."

Uma nova concepção de vida fez com que eu desse dimensão mais ponderada e adulta aos desvarios da puberdade naquele tempo. Em outras palavras: que a filha procurasse pelo menos saber como ele se chamava, antes de falar em nome do verdadeiro pai.

Vivendo o auge de sua carreira artística, Cacilda Becker resolveu, em 1958, se apresentar numa peça de Jules Renard, Poil de Carotte. *O título (literalmente "casca de cenoura") foi traduzido por* Pega-Fogo — *apelido da personagem principal, um jovem de 16 anos. Pois a grande atriz resolveu interpretar justamente o papel desse jovem, e com o maior sucesso, não só no Brasil como em Paris.*

Sendo a peça de um só ato, ousou ela encomendar-me outra, em dois atos, para complementar o espetáculo. Ousadia maior foi a minha em aceitar a encomenda, complementando também o seu versátil talento de artista, dessa vez num papel genuinamente feminino. Que, modéstia à parte, chegou a entusiasmá-la — era tarde, porém: a alguém mais havia ocorrido antes a ideia de ampliar no palco a apresentação da própria peça francesa.

Conservando em sua estrutura literária os elementos básicos de espaço e tempo do gênero teatral em que foi originariamente concebida, assim nasceu a novela "Noite Única".

Que tem a ver a sedução de uma jovem pelo outro pai com a solidão de uma mulher de meia-idade diante do ex-marido, ao longo de uma noite única? Tudo — se considerarmos que o universo feminino, da infância à idade madura, se compraz na existência do amor.

Fernando Sabino

O OUTRO PAI

1

Belo Horizonte, uma tarde qualquer de 1948. Quinze minutos para as seis. Alguém acaba de olhar para o relógio da torre, ao passar pela catedral. É um rapaz magro, traços finos, cabelos alourados, não terá mais que dezoito anos. Sem diminuir o passo, ele sobe a rua até o terceiro quarteirão, entra no café da esquina e se dirige ao telefone. Disca com a rapidez de quem há muito se familiarizou com o número, deixa a campainha tocar apenas uma vez e desliga. Vai aguardar o resultado junto à porta do café, de olho no edifício fronteiro.

Uma janela no quinto andar se abre e torna a fechar. Ele atravessa a rua e entra no edifício, toma o elevador. Salta no quarto andar, continua pela escada. Antes de chegar ao quinto, uma jovem se destaca da penumbra, desce dois degraus ao seu encontro e o abraça:

— Sempre tenho medo de você não vir — murmura.

Ao fim de um longo beijo, desprendem-se devagar dos braços um do outro e sentam-se num dos degraus. Ela sorri, evocando uma cena da infância:

— Você lembra a gangorra na sua casa, Ricardo?

Sentados juntos na gangorra do quintal, ela com quatro anos, ele com seis, não teriam mais do que isto — sim, ele se lembra. Fica a olhá-la com ternura: ela às vezes lhe parece criança ainda, uma menina de olhos negros, cabelos castanhos escorridos, a franja irregular que lhe dá certo ar de rebeldia. O corpo, que mal se destaca sob o deselegante uniforme do colégio, ganhando a cada dia contornos mais firmes.

— Nós dois escondidos de todo mundo debaixo da escada, quietinhos, abraçados. Um dia Afrânio nos descobriu e contou para o seu pai.

— Coisas de irmão mais velho...

— E não estávamos fazendo nada de mais, estávamos?

— Bem, naquela idade... — e ele também sorri.

— O mesmo que estamos fazendo hoje, talvez.

— Me lembro tanto da sua casa... Uma casa grande e recuada, no fim da rua. A gente subia no portão de grades. Havia um leão de gesso de cada lado.

Tornam a beijar-se. E permanecem nos braços um do outro, felizes, como se a juventude fosse eterna.

Depois que ele se foi, ela subiu a escada até o quinto andar. Abriu a porta do apartamento girando a chave com cuidado para não fazer ruído. Avançou pelo corredor, mas logo a luz da sala passou a denunciá-la. A mãe já havia chegado, como temia. Deteve-se, calculou a distância, endireitou o corpo e foi passando.

— Silviana!

Dirigiu-se a ela, tentando naturalidade:

— Oi, mãe...

— Onde é que você estava, minha filha?

— No quarto. Por quê?

— Você não estava lá ainda há pouco, quando cheguei.

— Fui um instante até a rua. Puxa, mamãe, você me trata como criança...

— Porque você se comporta como criança, só por isso. Olha aí, de uniforme até agora. Vai trocar de roupa, menina.

Ela ia saindo, mas parou ao ver que o pai acabava de chegar. Correu a dar-lhe um beijo:

— Paizinho, ainda não tinha te visto hoje.

— Voltando do colégio a esta hora? — ele falou com carinho, e foi sentar-se ao lado da mulher.

Já no corredor, a filha resolveu regressar à sala:

— Papai, não esquece que amanhã...

Estacou, desconcertada: os dois estavam abraçados e se beijavam. Ao dar com ela parada na porta, a mãe a interpelou:

— O que foi, Silviana?

— Nada — a filha vacilou, constrangida: — Só queria lembrar ao papai a minha formatura amanhã.

Ele fez um gesto evasivo, "sim, estou sabendo", murmurou. Silviana finalmente se recolheu ao quarto.

Uma vaga sensação de desagrado se misturava aos seus pensamentos, por ter visto os pais se beijando lá na sala. Não lhe parecia um simples beijo de amor — pelo menos era diferente do seu amor por Ricardo. Várias vezes haviam se beijado — ainda naquela tarde. Não era a mesma coisa.

Acabou de se despir em frente ao espelho do armário. Sentiu pudor ao se expor a si própria, contemplando o seu corpo: como podia imaginar que ele a veria assim? Pois era o que estava pensando. Mas ele quem? Ricardo? O pai? Envergonhada, deixou o espelho como a fugir dos olhos de alguém mais. Tornou a pensar em Ricardo, agora conscientemente, procurando ressaltar lembranças. Aos poucos foi deixando que a penetrasse um desejo novo, enquanto voltava ao espelho. Ninguém a tinha visto assim, to-

DUAS NOVELAS DE AMOR

da nua. Passou devagar as mãos pelos quadris. Pensou de novo em Ricardo, perturbada, e temeu o olhar dele fixo no seu corpo. Era um medo sem propósito, que ao mesmo tempo ela desejava prolongar, extasiada. A pele se arrepiava sob a carícia das mãos, que eram as mãos dele...

Afastou-se do espelho e começou a se vestir. Cada dia que passava mais um mistério surgia e ela tinha medo. Oscilava entre sentimentos opostos, era aquilo — temia a surpresa e desejava o mistério, como entre dois mundos que se completavam ou se destruíam.

Ouviu a voz da mãe lá fora:

— Silviana, o jantar está na mesa.

Tendo chamado a filha, Geni foi sentar-se à mesa em frente a Marcos:

— Deve estar se vestindo.

Ele rolava um talher na mão, preocupado:

— Precisamos ter mais cuidado, Geni. Ela nos viu.

— E daí? Ela própria não lhe deu um beijo quando você chegou da rua? Silviana não é nenhuma criança.

— Tem só dezesseis anos.

— Vai fazer dezessete este mês.

— É diferente.

— Diferente por quê? Pois eu acho que qualquer moça...

— Nossa filha não é "qualquer moça" — cortou ele.

— Nossa filha. Tudo bem. Só que até hoje você não quis contar para ela.

— Por que não conta você? Eu já disse que por mim não contaria nunca.

— Você mesmo sugeriu. Quando ela se formasse.

— Porque é o que você quer. Não se cansa de insinuar a todo instante...

Calaram-se ambos — Silviana acabava de chegar:

— Demorei muito?

Sentou-se, e os dois trocaram um olhar em silêncio.

Na manhã seguinte, depois do café, Marcos ficou na sala lendo os jornais. Geni lavava a cabeça, dali podia ouvir o zumbido do secador no banheiro a soprar-lhe que tão cedo o almoço não sairia. Em seguida iriam à festa de formatura da filha no Colégio.

Viu por detrás do jornal Silviana ao telefone, numa conversa cheia de monossílabos e reticências. Ingenuidade, a dela, achar que ele nada percebia: o telefone tocando uma só vez, o sinal da janela, os encontros à tarde, em algum desvão do edifício... Era tamanho o constrangimento dela ao telefone que às vezes deixava a sala para que ela pudesse falar à vontade.

Sabia que Geni se preocupava com aquele namoro. Ela já lhe havia falado da família do rapaz, da qual fora vizinha noutro tempo: "Não é gente para minha filha". Principalmente o mais velho, Afrânio, então menino ainda, "mas você nem queira imaginar que menino ele era". Marcos retrucava que o irmão podia ser diferente. Mas havia nas palavras dela uma sugestão de algo que a horrorizava à simples lembrança daquele menino. Se perguntava o que era, Geni simplesmente desconversava.

Silviana desligou o telefone e deixou a sala. Marcos tentava imaginar o que aquele dia significaria para ela em emoção no Colégio, ao receber o diploma e depois em surpresa e aniquilamento, ao voltarem para casa, quando lhe contasse.

Levantou-se, andou de um lado para outro, revoltado contra a mulher. Por que Geni vinha com exigência tão descabida? Por que traumatizar a filha com uma revelação desnecessária, como quem tira a inocência de uma criança? Seria natural que ela mais tarde, já adulta e com maior discernimento, viesse a saber por si própria, se fosse o caso. Mas a mãe queria assim, que remédio?

Geni entrou na sala, a cabeça envolta num turbante.

Eram seis horas da tarde quando Silviana desceu os quatro degraus da escada para se encontrar com Ricardo. As lágrimas escorriam pelo rosto, molhando a gola do uniforme de gala do Colégio. Caiu em seus braços soluçando, desatinada.

— Que aconteceu? Me conte, meu bem, não fique assim — pediu ele, aflito.

Na festa de formatura, poucas horas antes, ela recebendo o diploma, tão alegre, feliz em companhia dos pais. O namorado teve de contentar-se em vê-la de longe, anônimo em meio a outros convidados. E agora, ela ali a chorar como se tudo estivesse perdido.

— Ele me contou a verdade, Ricardo.

Suas palavras, entre soluços, soaram como gemidos. Aos poucos ela foi se aquietando, a cabeça sobre o ombro dele. Ricardo ergueu-lhe o rosto, segurando-o pelo queixo. Ela o olhou sem vê-lo, como se enxergasse no ar a revelação: aquele homem de quem se julgava filha nada tinha em comum com ela, não era seu pai. Nada justificava a certeza de que viera dele o que havia nela de melhor. O que amava em si mesma como uma herança não era senão fruto do convívio de alguns anos — não vinha do sangue, mas do hábito adquirido dia a dia: o tom da voz, um gesto de carinho, o primeiro beijo pela manhã, a maneira doce de dizer "você por aqui", quando às vezes ia vê-lo no escritório. Agora ela percebia que amara a

DUAS NOVELAS DE AMOR

vida toda alguém que nada tinha a ver com ela, pouco menos que um estranho.

Ricardo implorava que lhe contasse tudo. Sem atendê-lo e já sem chorar, ela se afastou, subindo maquinalmente a escada. Mortificado, ele a chamava e subia atrás, tentando retê-la. Era inútil: para ela, agora nem o namorado importava mais: uma nova realidade havia surgido dentro de si, cuja origem rolava pelo mundo noutro pai que não chegou a conhecer.

— Por que você está indo embora? Fale alguma coisa, Silviana!

Já à porta do apartamento ela se despediu dele num rápido abraço frio e entrou, sem uma palavra, uma promessa como nos outros dias. Ricardo agora era apenas a lembrança de um tempo encerrado, ela sentia que de repente se tornara adulta.

2

Haviam combinado ir ao cinema naquela noite — mas enquanto Geni se arrumava no quarto, Marcos se deixava ficar no sofá da sala, olhos no chão. Mal viu Silviana entrando direto para o quarto.

Ouviu a mulher chamá-lo — ergueu a mão num gesto de impaciência. Estava feito o que ela queria. Não precisava mais perder tempo pensando naquilo. Silviana já moça, diplomada no Colégio, sabia enfim que seu pai era outro. Dali por diante ele não passaria de um homem qualquer dentro de casa, em suma: o amante de sua mãe. O tempo vivido não importava — os anos de convivência, desde quando a carregava ao colo, velava por seu sono durante tantas noites.

Levantou-se, irritado, quando a mulher tornou a chamá-lo. Foi até o quarto, apanhou o paletó sobre a cama, vestiu-o. Geni, já pronta, mirava-se pela última vez no espelho. A voz dela não saía de sua cabeça, a repetir com insistência: "É preciso que ela saiba. Vai acabar sabendo um dia". Se acabaria sabendo a seu tempo, por que antecipar?

— Está satisfeita? — não pôde deixar de provocá-la.

— Como? — ela o encarou com surpresa.

Em vez de responder, ele informou apenas que desistira de ir ao cinema. Geni deixou cair os braços, com um suspiro de desânimo:

— É sempre assim. Na última hora você muda de ideia.

Marcos deixou o quarto, ouvindo ainda a mulher reclamar, irritada, que devia pelo menos ter avisado antes que ela se vestisse.

Tomou o elevador e saiu à rua. Andou vários quarteirões — o ar frio lhe refrescava a mente. Sua atitude de rebeldia lhe fizera bem: era dono de si mesmo e dos próprios passos, ao menos por ora.

Para confirmar, entrou num bar, sentou-se, pediu um chope.

— Ela que se dane — resmungou.

Naqueles anos com Geni, afastara-se aos poucos dos amigos, não tinha com quem conversar, mesmo num bar alegre e movimentado como aquele. Pediu outro chope. O tempo que passara longe de tais lugares o tornara tímido, constrangido. Mas aos poucos foi-se sentindo mais à vontade: com a falta de hábito, a bebida lhe subia logo à cabeça. Aquilo era uma farra — imaginava, ao terceiro chope: uma farra, uma noitada alegre — e ria sozinho, alegre realmente ante aquela ideia idiota. Na mesa ao lado os homens bebiam e conversavam ruidosamente. Dois deles eram antigos conhecidos seus. "Nem se lembram de mim", pensou, e esvaziou o copo de uma só vez.

Geni fingiu que dormia, quando ele, alta madrugada, entrou cauteloso no quarto. Depois arriscou entreabrir os olhos e o viu se despindo na penumbra — tropeçou numa cadeira, resmungou uma praga. Agora se deitava a seu lado, sem nem ao menos olhá-la.

Em pouco percebeu que ele dormia. Apoiou-se no braço, ficou a olhá-lo, apreensiva. Através da janela, a claridade da lua permitia ver o rosto dele, os cabelos escuros caídos na testa, a boca entreaberta, um dente úmido brilhando — ele era belo assim, entregue ao sono. Como se tivesse deixado cair a máscara da submissão cotidiana e se espraiassem na face os traços de uma mocidade que ela o forçara a

DUAS NOVELAS DE AMOR

ocultar. Fascinada, Geni descobria naquele rosto o
jovem que havia amado tanto doze anos antes.

Deixou pender a cabeça no travesseiro. Pela primeira vez naqueles doze anos se sentia frágil, emba-
lada num desejo suave de entrega, sem exigências de
predomínio. Era uma sensação inédita de humilda-
de, o prazer de passar despercebida a seu lado e poder
amá-lo assim, docemente, de poder chorar em silêncio o resto da noite sem que ele soubesse. As lágrimas
já escorriam, molhando a fronha, e ela se sentiu feliz.

Mas não passou de um instante. Logo tornava a
se atormentar com recordações concretas: a cena daquela tarde, ele falando com Silviana, ela própria ouvindo, impassível como um juiz, as palavras que eram
a sua história, o seu íntimo julgamento. Depois Marcos saindo intempestivamente, deixando-a sozinha.
E regressava agora, tarde da noite — aonde teria ido?
Que havia feito? Com certeza encontrara alguém, be-
beram juntos, algum amigo com quem se queixar dela, buscando alívio.

Procurou observá-lo de novo. Não o via mais como antes; a claridade da lua avançara além do rosto
e agora ele dormia, a boca aberta, ressonando alto.
Sim, havia bebido — resistiu ao impulso de sentir-
-lhe o hálito para confirmar.

Marcos virou-se cama. Ela ficou imóvel, à espera. Com o movimento o braço dele tombou sobre o

23

seu seio, a mão entreaberta, abandonada. Não ousou movê-la, temendo que ele acordasse. Mas a mão lhe pesava — manteve os olhos abertos, fitando na penumbra aqueles dedos, o indicador esticado como numa acusação. Ele respirando opresso, ele roncava! Era um sinal da efemeridade do corpo, agora ele envelhecia anos, via-se que não resistiria também à passagem do tempo.

Veio-lhe a lembrança do outro, do pai de Silviana. Nunca mais soube dele, sumira no mundo. Depois a vida com Marcos, e seu carinho, seu jeito manso de amar, tão diferente.

Ele já não roncava — com um suspiro fundo, fechou a boca e agora dormia, sereno como nas outras noites, a mão ainda sobre o seu seio, os dedos agora descontraídos no que parecia ser apenas uma leve carícia.

Então se lembrou de outra mão tocando-lhe o seio assim por acaso, mão de um menino, havia muito tempo. Estavam sentados juntos, a atenção fixa na mesa onde se alinhavam as pedras do dominó que ele aprendia a jogar. A mão de Afrânio roçando-lhe o seio, ela deixando, inquieta, excitada, e então... Fora uma louca, ele era um menino! A mão do menino avançando em seu corpo sob o vestido, e ela deixando, e os beijos, as carícias que trocavam... Ele voltando todas as tardes e já não era mais para os jogos, vinha a pretexto de brincar com a filha mas ficava com a mãe no canto da sala, querendo mais, sempre mais.

Depois que ela se mudou, viu um dia Afrânio já crescido passando a seu lado na rua, virou o rosto de tanta vergonha. E agora ali estava, pensando nele, tentando esquecer o que jamais seria esquecido.

Foi um sono agitado, cheio de pesadelos. Ao acordar, Marcos teve a sensação de que havia dormido muito, mas verificou no relógio que eram somente oito horas. Não dormira senão umas quatro.

Logo se lembrou de tudo: o bar, a mesa a que se juntou, levado pelos dois conhecidos, a ronda dos outros bares. Depois a mulher que lhe coube na parte baixa da cidade. O ar profissional dela abrindo a porta, acendendo a luz sob o abajur vermelho, numa ridícula sugestão de ambiente sensual. E ela ao fim se vestindo apressada para sair como se pretendesse conseguir mais um homem naquela noite. Saiu de lá enojado, nem esteve de novo com seus improvisados companheiros. Era remota a sua experiência com mulheres desse tipo, ainda dos tempos de estudante, antes de viver com Geni. Agora, tantos anos passados, lhe vinham apenas recordações de melancólica banalidade, como a desta noite que acabara de viver.

Deprimido, resolveu esquecer tudo, voltar a dormir. Naquele dia o escritório na cidade ia abrir tarde, os clientes que esperassem — se cliente houvesse. Durante anos vinha buscando com perseverança uma carreira profissional que a advocacia não lhe havia dado. E nem daria mais. A sua vida era apenas o já vivido: aquela ligação chegava ao fim — tinha de admitir que seu amor por Geni se acabara. E quanto à filha, não havia mais nada que ligasse um ao outro: ele era agora apenas um homem e ela uma mulher.

Ao contrário do que Marcos esperava, Geni não lhe perguntou nada: ficou o resto do dia quase sem lhe dirigir palavra. Silviana notou o silêncio dos dois à mesa, durante o almoço. Não entendia por que ele não fora trabalhar, continuava em casa de pijama, barba por fazer.

O que ele lhe havia revelado na véspera, de tanto repensar, já não fazia sentido. Passara parte da noite acordada, tentando descobrir o que os pais pretendiam com aquilo. Era uma história sem nexo: um marido que abandonou a mulher antes que a filha nascesse — outro homem que surgiu um dia para viver com as duas como se fosse marido e pai. Não podia ser verdade, devia fazer parte de um plano qualquer para confundi-la. Que teria aquilo a ver com a objeção deles em relação a Ricardo? Não, Ricardo nada tinha a ver com isso. A intenção era a de criar nela uma distância, uma reserva para com o pai. Por quê? Percebia que a mãe não gostava das demonstrações de carinho dos dois: os abraços pela manhã, um último beijo no rosto antes de ir dormir. Quando ficavam na varanda conversando, distraídos, a mãe vinha chamá-lo sob um pretexto qualquer — e ele em geral não voltava, ou se voltava era outro. Já não tinha o mesmo ar despreocupado, mas os olhos parados, como se alguma ideia fixa o atormentasse.

Afinal, a revelação veio na véspera. Ela havia regressado tão contente do Colégio em companhia deles, nada faria suspeitar o que em seguida se passou. No primeiro instante achou que ele havia enlouquecido: de repente vir lhe dizer que não era seu pai, mas um homem como outro qualquer. Então era por isso que a mãe tinha ciúmes?

Durante alguns dias a ideia a desconcertou: ciúme da própria filha! Notara mais de uma vez que ela mal disfarçava o desagrado quando ele contava ao chegar que estivera com essa ou aquela amiga, ou falava com entusiasmo sobre uma colega. Complexo por ser mais velha do que ele, talvez. Mas o que nunca poderia imaginar é que a mãe sentisse o mesmo em relação a ela.

A verdade é que já não era mais uma criança, ia fazer dezessete anos. Seu corpo parecia desabrochar a um simples pensamento de amor: desejo de ser amada e possuída como uma mulher. Durante a noite perdia o sono, a rolar na cama, pensando em homens desconhecidos — como seriam eles, o que fariam com ela. Era pouco o que sabia da vida, o que havia aprendido em furtivas conversas com as colegas. Talvez por isso ficasse assim a cada noite, excitada pela lembrança das mãos de Ricardo que um dia a acariciaram intimamente. E então desejava receber mais carícias. Receber o máximo, ser trespassada de prazer até as entranhas, vibrando na mais secreta palpitação do sexo, ao embate impetuoso daquilo que deveria ser o amor de um homem. Nos seus períodos menstruais a imaginação se exacerbava mais ainda, a excitação física era irresistível. Sentia-se resvalar então para um labirinto sanguíneo de paredes úmidas, unidas e moles, enquanto diante dos olhos cerrados de gozo pequeninas amebas deslizavam como antes do nascimento. Em sucessivos estremecimentos, era como se ela extasiada caminhasse às cegas no interior do próprio corpo.

Sim, ela era mulher, tinha um corpo de mulher. Logo um primeiro homem viria — era o seu último pensamento, com um longo suspiro de cansaço, antes que o sono chegasse.

E ele era um homem. Ele, seu pai, era um homem — esta ideia a desorientava enquanto os dias passavam e ela se refugiava cada vez mais no fundo de si mesma, em sufocante emoção. Era um homem para sua mãe, como aquele homem sem rosto que povoava as suas noites insones, arrancando da carne excitada as vibrações mais alucinadas. Para sua mãe se sentir assim, dar-lhe aqueles beijos vorazes, olhá-lo com tanta avidez quando se recolhiam ao quarto, e aqueles gemidos que chegara a ouvir por detrás das paredes em noites distantes, e que então não compreendera — para haver tudo isso e a mãe sentir ciúmes dela, era preciso que ele não fosse mesmo nem marido nem pai.

Aceitou afinal o que já devia ter descoberto antes: seu verdadeiro pai, marido de sua mãe, era outro, um desconhecido. Este não passava de um amante.

3

A vida de Marcos rapidamente se desregrava. Chegava tarde ao trabalho, atendia a um ou outro caso, mal disfarçando o tédio que lhe provocavam. E os clientes, já raros, iam escasseando ainda mais.

Fechava cedo o escritório e não voltava para casa: passava pelo bar, ficava bebendo sozinho ou com companheiros eventuais. Fizera aos poucos novas relações, que começavam e terminavam na mesa diante do copo. Comia quase sempre uma coisa ou outra pela rua — não podia tolerar o ar magoado de Geni, que já nem o esperava para jantar.

Silviana não lhe dera mais uma palavra desde o dia da formatura, senão as de necessidade. Palavras frias, de deliberada indiferença — parecia haver admitido que ele não era seu pai. Um dia o chamou de senhor — soou-lhe grotesco, teve pena do esforço que ela fazia para sufocar no coração a imagem do pai que se acostumara a amar.

Pela manhã, em vez de ir direto para o escritório, punha-se a andar à toa pelas ruas. Tomava o caminho do Parque, deixava-se ficar entre as alamedas ou sentado num banco, em frente ao lago. Ali havia conhecido Geni, doze anos antes. E aquela menina de quatro anos brincando sozinha, agachada, a distrair-se com um besouro no chão:

— Olha o bichinho — mostrou, quando ele se deteve à sua frente.

Abaixou-se a seu lado e ficaram os dois olhando o besouro, que estava de pernas para o ar. Ele o virou com os dedos. A menina se encheu de admiração:

— Você não tem medo dele não?

Marcos lhe fazia perguntas:

— Como é que você chama? Quantos anos você tem?

— Tenho quatro. E você?

As perguntas dela eram engraçadas:

— Quantas mulheres você tem?

Ele quis saber o que estava fazendo ali sozinha, se não tinha ninguém com ela. A menina não respondeu, entretida com o besouro que se afastava devagarinho.

De súbito ele deu com a mãe parada a seu lado. Confundiu-se e nem chegou a ver o besouro levantar voo inesperadamente, aos gritos de excitação da menininha. Ergueu-se, endireitou a roupa:

— É sua filha? Desculpe, estávamos brincando com o besouro.

— Nada a desculpar — e ela sorriu.

Era uma bonita mulher — com certo ar germânico no rosto largo, lábios finos que mal se entreabriam ao falar. Aparentava uns trinta anos — soube mais tarde que tinha 35, era sete anos mais velha do que ele. Vivia sozinha com a filha, o marido a abandonara pouco antes do nascimento de Silviana.

Muita coisa só soube mais tarde — naquele momento ela ainda o tratava como a um estranho. Em pouco se despedia dele com um movimento de cabeça e se afastava, levando consigo a filha.

Logo adiante, porém, a menina se desprendeu de sua mão e saiu correndo pela margem do lago. Era perigoso, podia cair — Marcos se precipitou atrás dela. A menina ria, correndo mais. Fazia daquilo uma brincadeira, em risadas de desafio. Logo ele a alcançou, trazendo-a no colo para a mãe.

Enquanto seguiam juntos em direção à rua, a relação entre eles ia se fazendo mais à vontade. Tomaram o mesmo ônibus, que Marcos pretextou ser também o seu, dentro de uma cordialidade ainda meio cerimoniosa, mas não eram mais desconhecidos um para o outro. Ao acompanhá-la para ver onde morava, ele não poderia imaginar que estava empenhando o seu destino nos próximos doze anos.

No entanto, quando ia à casa de Geni como simples visita, buscava nos seus 28 anos desorientados apenas uma mulher para o prazer de uma noite. Esta noite veio logo, e desde então Geni o segurou para sempre.

E havia Silviana, que desde o princípio o aceitou como pai. Quando Geni trocou a casa pelo apartamento, passaram a morar juntos, e ele assumiu mais dez anos de responsabilidade, como chefe de família.

Por que sentir agora, aos quarenta anos, que tudo estava terminado?

Justamente porque tinha quarenta anos e Silviana mal fizera dezessete.

Era o que o atormentava naqueles dias, como um enigma a ser decifrado, antes de se libertar. Aquela noite com outra mulher não tinha sido uma libertação. Nem a sua atitude para com Geni, contando-lhe tudo uma tarde, sem que ela perguntasse. Como não se libertava agora, atrasando-se de propósito na rua, chegando tarde ao escritório, almoçando ou jantando fora. Havia ainda seus quarenta anos diante daqueles dezessete, completados recentemente sem que ninguém festejasse. E ele apenas fugia.

Marcos teve pela primeira vez a consciência do equívoco a que ia se deixando levar, no dia em que por acaso chegou em casa mais cedo e encontrou Silviana chorando na sala.

Ao vê-lo, ela procurou disfarçar o choro e se ergueu do sofá, saindo em direção ao quarto. Ao passar por ele na porta, tentou um sorriso:

— Oi, tudo bem?

Marcos lhe deu passagem sem uma palavra, mas chamou-a logo em seguida:

— Silviana.

Sua voz soou diferente do usual. Ela se deteve no corredor, esperando que ele dissesse alguma coisa. Tornou a chamá-la:

— Silviana, vem cá.

Desta vez ela teve tempo de se refazer, enxugando as lágrimas:

— O senhor quer falar comigo?

Ele estava parado junto à porta da sala, braços pendidos ao longo do corpo. O jornal que trazia na mão se desprendeu de seus dedos e caiu, em pé, foi-se abrindo devagar.

— Silviana, por favor, para com essa bobagem de me chamar de senhor — pediu, assim mesmo de costas. — Quero falar com você sim. Vem cá um instante.

Foi sentar-se no sofá, enquanto ela se aproximava.

— Sente-se aqui comigo.

DUAS NOVELAS DE AMOR

Ao tê-la a seu lado, não soube como começar:

— Por que você estava chorando? — perguntou, para ganhar tempo, e sua voz desta vez era terna como sempre.

Silviana respirou fundo, aliviada, como se ali estivesse a resposta: era a falta daquele tom de voz nos últimos dias que a fazia sofrer.

— Você sabe muito bem que aquilo... Quando me contou aquilo, eu pensava...

Não pôde continuar. Caiu num pranto descontrolado, escondendo o rosto com as mãos, tentando abafar os soluços:

— Por que você foi me contar, Marcos? Por que foi me contar!

Ergueu a cabeça, ansiosa. Tinha as faces vermelhas e molhadas de lágrimas. Os lábios tremiam. Ele passou o braço pelos seus ombros, ficou a alisar-lhe mansamente os cabelos. Percebia o esforço dela ao chamá-lo pelo nome — soara como algo de novo e inesperadamente carinhoso. Era uma mulher que chorava ali a seu lado, os soluços agora mais brandos. Eram de uma mulher aqueles cabelos e aquele corpo. De uma mulher que deixara de ser sua filha. No entanto não passava de uma menina — escondia o rosto no seu ombro como uma menina buscando proteção.

Marcos começou a falar, quase que para si mesmo:

35

— Estive hoje lá no Parque... Você se lembra? Nós estávamos agachados, olhando o besouro... Você me chamou para ver o coitado de pernas para o ar.

Ela murmurou, a boca ainda contra o seu ombro:

— Depois ele saiu voando.

— E aí sua mãe chegou e então...

— Não quero lembrar isso.

Já não chorava. Desprendeu-se do braço dele, jogou os cabelos para trás e ficou em silêncio. Levantou-se, andou um pouco pela sala:

— Marcos, você acha...

— Não me chame assim.

Desta vez lhe soara falso, inaceitável — como uma transgressão. Ela revidou, a encará-lo, medindo as palavras:

— Como é que você quer que eu chame?

Era um desafio — ergueu a cabeça num gesto de vitória:

— Eu sempre te chamei de papai. E você já me contou que não é meu pai.

Para Marcos ela de súbito se transfigurava — chegava a lembrar a própria Geni doze anos antes. Vacilou, sem saber o que responder. Logo se refez — ergueu-se, caminhou para ela:

— Silviana, eu vou lhe dizer uma coisa.

Segurou-a pelos ombros, enquanto ela o fitava, muito perto, a cabeça erguida, a respiração acelerada bafejando-lhe o rosto:

— Silviana, eu... eu...

Jamais saberia pôr em palavras o que se passava consigo. Abraçou-a, tentou senti-la ainda uma vez sua filha, a menina que vira crescer e tornar-se uma moça — lembrança perdida para sempre no passado: era simplesmente uma mulher que ele tinha nos braços. Prendeu-se com todas as forças à imagem que guardara dela criança, a menina lhe pedindo a bênção antes de dormir. Então beijou-a carinhosamente no rosto e desfez o abraço, recuou o corpo e afastou-se, saindo de casa sem dizer mais nada.

A mãe chegou algum tempo depois e deu com ela na sala, reclinada no sofá, pensativa.

— Ele esteve aqui? — quis saber, ao ver o jornal entreaberto no chão.

Silviana continuou calada, nem parecia ter ouvido.

— Responde à sua mãe, menina.

— Hein? O quê?

— Perguntei se Marcos esteve aqui. Que foi que ele disse?

— Não sei...

Sem se importar com o que ela pudesse pensar sobre seu silêncio, Silviana foi para o quarto — encontrar-se com ele.

Naquele noite custou a dormir. Sabia que ele viria, mas não como nas outras noites, sob mil formas. Já na cama, os olhos teimavam em permanecer abertos e o sono não chegava. Se chegasse, ela resistiria até o fascinante limite entre a realidade e o mistério. Não haveria mais o apelo de homens desconhecidos que estendiam as mãos à procura de seu corpo. Nem formas alucinadas cruzando a mente e indo se dissolver na voragem do sexo. Havia apenas ele, um homem, havia a presença de um único homem em seu coração cerrado como se contivesse um tesouro, e esse homem tinha um nome, e o nome dele era Marcos. Marcos, Marcos, Marcos... — repetia, encantada com a ressonância que estas duas sílabas provocavam em seu espírito. Era um homem que sempre vivera a seu lado e a quem chamava de pai. Um homem que a ajudava dia a dia, em tudo, até mesmo em vestir-se, e esse homem agora viria povoar a sua noite. Ansiosa, ela esperava a sua vinda. Como não percebera logo? Como pôde sofrer porque ele lhe havia revelado tudo, se ao revelar a atirava em seus braços?

Pensou em Ricardo — sem piedade, friamente, afastou a lembrança de Ricardo. Ele ressurgia de mistura com as novas sensações daquele dia — as mãos de Ricardo uma tarde na escada eram as de Marcos alisando-lhe os cabelos, a voz de Ricardo muitas noites ao telefone era a de Marcos dizendo o seu nome. Ambas as lembranças perfaziam um desejo incontrolável de ser amada, possuída, sem limitações. E o sono vinha chegando, as várias fórmulas de dormir surgiam num cortejo lento, ela percorria a escala sem fim nem princípio da consciência difusa, o nome ainda saltando como um pequenino animal, Marcos, aqui e ali, Marcos, desaparecendo entre as palavras, surgindo logo adiante, Marcos... Antes que dormisse, a certeza se concentrou num ponto único, como uma punhalada: ela o amava, sim, ela o amava com todas as forças. Depois a presença da mãe foi desfazendo tudo de um lado e de outro à medida que avançava, ela usava um vestido estampado e perguntava: que foi que ele disse? que foi que ele disse? mas ninguém respondia nada e o pensamento cada vez mais se estendia, se esgarçava, tênue, transparente e impalpável no sono sem sonhos de Silviana já adormecida.

4

A partir da perturbadora conversa que tivera com Silviana naquela tarde, Marcos recomeçou insensivelmente a regressar mais cedo, na hora em que não encontraria Geni. Ela agora dera para sair durante o dia, ir às compras ou ao chá com as amigas. Podia voltar para casa, descansar depois de um dia de trabalho, sem a sua presença para atormentá-lo com perguntas, onde é que ele esteve, aonde ia toda noite, o que fazia, com quem se encontrava.

Mas não era bem isso — na realidade não voltava para descansar do trabalho, pois durante o dia mal passava pelo escritório, atendia com displicência a um ou outro cliente. E Geni não mais o atormentava com perguntas. Pouco falava com ele desde o dia em que lhe havia contado o episódio na rua com outra mulher. Ocupava o seu lugar ao lado dele como uma sombra, quando por acaso se viam. E ao regressar, noite alta, ela estava dormindo — ou fingindo dormir. Nada tinha mais a fazer ali, prestes a partir como desejava, desocupando o lugar do outro, do verdadeiro marido e pai, se algum dia ele acaso quisesse voltar. Podia reiniciar sua vida onde a deixara doze anos antes, uma tarde no Parque junto de uma criança a brincar com um besouro.

Era inútil se enganar: essa criança não era mais criança. Nem era a filha, mas simplesmente Silviana — e por causa dela ia adiando a partida.

Depois de sua saída repentina naquele dia, deixando-a sozinha, já não tinha a mesma disposição quando a encontrava. Chegava e se sentava no sofá — se Geni estivesse em casa, era um estranho, podia ler o seu jornal, esperar o jantar ou ir embora, nem ela nem a filha tomavam conhecimento de sua presença. Mas com a mãe ausente, Silviana vinha sentar-se a seu lado e ele dobrava o jornal, ficavam os dois horas seguidas conversando, mãos dadas como namorados. Ela lhe contava casos de suas amigas, dizia-lhe de seus gostos pessoais. Deliciados, descobriam afinidades, preferências em comum. Era estranho como em doze anos de convivência diária, ela crescendo e se fazendo adulta à sombra dele, conhecessem tão pouco um ao outro.

Em meio a uma conversa, Silviana um dia mencionou casualmente o nome de Ricardo.

— Onde anda ele? — perguntou Marcos, em tom também casual.

— Por que você quer saber? — ela se esquivou, cautelosa.

— Vocês ainda estão namorando?

Silviana riu, confusa, descartando a pergunta com um gesto:

— Ora, não tenho mais nada com ele. Aquilo era namoro de menina.

Marcos contou como ficava apreensivo quando ela conversava com o rapaz ao telefone: temia que Geni chegasse de uma hora para outra e a surpreendesse. A mãe, sem deixar clara a razão, era contra o namoro. Por via das dúvidas, ele fingia também ser:

— Eu mesmo podia chegar e te surpreender — e riam, ambos, ela então não mais que uma adolescente, a olhá-lo com carinho de filha.

Uma tarde, abstraída, ficou a repetir baixinho:

— Marcos... É esquisito um dia eu ter te chamado de papai.

Estavam ambos de pé, um diante do outro. De súbito ele sentiu a mente obscurecer, o coração disparar.

— Não diga mais nada — sussurrou, e abraçou-a.

Ela se aninhou em seus braços, completamente entregue. Ergueu os lábios em direção aos dele e então se beijaram pela primeira vez. Permaneceram abraçados, num beijo cada vez mais sôfrego, e tudo para ambos se confundia numa vertigem, tudo se misturava e se perdia numa sensação de fatalidade. Inundado de desejo, ele mal se sustinha em pé.

— Você está tremendo — murmurou ela.

Uma inesperada resistência, fria como um remorso, o fez se desprender bruscamente dela. Olhou para a porta e deu com Geni, à entrada, lívida, os lábios crispados:

— Em casa a esta hora? — ela disse apenas.

Passou por eles, atirando a bolsa na poltrona. Procedia como se não tivesse visto nada, mas ele tinha certeza de que ela havia visto. Silviana foi para o quarto, enquanto a mãe, ar displicente, sentava-se e pegava o jornal. Marcos permanecia estático, plantado no meio da sala, sem o menor movimento.

— Que é que você tem? — perguntou ela, sem tirar os olhos do jornal. — Emocionado?

A voz era controlada, irônica, com um travo de ressentimento. Ao rosto da filha, ainda na mente de Marcos, se sobrepôs o de uma mulher gasta, cansada: o olhar mortiço, a pele flácida sob a maquiagem, a boca num ricto de amargor. Nada daquela fisionomia serena que outrora perturbava os seus 28 anos. Gasta, cansada. Para ele, agora, ela era apenas a mãe de Silviana.

A relação entre os dois se tornava insustentável. Geni já não era a mesma: não se vestia ou se penteava com o capricho de antigamente. Andava pálida, abatida, a mágoa lhe dando certo ar de distanciamento em relação ao que a cercava. Havia desaparecido o resto de encanto que poderia existir no seu porte altivo, no jeito superior com que encarava os outros. Até mesmo a feminina futilidade de uma opinião, um enfeite, o chá com as amigas — tudo mudara. Tudo que pudesse revelar uma mulher ainda à espera de alguma coisa na vida — ela não esperava mais nada. Via em Marcos apenas um homem que vivera com ela doze anos e de repente passara a desejar a sua filha. E do outro lado da razão algo lhe dizia que o erro fora seu: Marcos amava Silviana como filha e ela fizera com que ele começasse a amá-la como mulher.

Não podia deixar de ver que se amavam. O olhar de Silviana ao se afastar, depois que surpreendeu os dois se beijando, era um olhar de triunfo, ela havia vencido — a sua própria filha. O erro vinha de muito antes: vinha daquela época longínqua no Parque, quando dera com um jovem agachado a brincar com a menina como se fosse também uma criança. Deixá-lo brincar e depois não vê-lo mais, nunca mais — era o que devia ter feito. Mas ele a desejou, e então ela se entregou toda. Tinha sofrido muito antes, sim,

DUAS NOVELAS DE AMOR

se humilhara muito, e seus quatro anos de mulher abandonada haviam sido de resistência, desde o nascimento da filha. Foram quatro anos de luta diária, de vacilações e incertezas, de uma ou outra vitória e várias derrotas.

Então se lembrava de Afrânio — uma lembrança deprimente. Era um menino, e ela agora não podia compreender tamanha lascívia num menino. Seu pequenino corpo, sua boca e suas mãos se lançando à volúpia de descobrir e aprender. E ela deixava, de repente se entregava ao desejo louco de errar, de se degradar, e o próprio sentimento de degradação era um gozo a mais. Alguém que antes não sabia nada aprendia no seu corpo o segredo das mais íntimas carícias. Depois Afrânio também se fora, deixando-a vazia e gasta, sozinha com a filha de quatro anos e a consciência da própria baixeza. Já não podia nem sonhar com a volta do marido um dia, pois não tinha mais nada a lhe oferecer.

E encontrou Marcos — uma tarde de verão no Parque, um rosto moço, um sorriso puro — e a alegria de Silviana a assegurar-lhe que ele seria um pai. Em casa, durante alguns dias lhe voltara a dúvida, voltaram-lhe os momentos de depressão, antes de se mudar, quando via Afrânio já rapazinho entrando na casa vizinha. Relutara, mas acabou não resistindo — era um jogo em que se ganha ou se perde.

Tudo inútil, ela havia perdido. Não tinha sido a vontade de recompor uma família, nem a de viver decentemente com um novo marido, nem a de que Silviana tivesse um pai. O seu marido era o outro, o pai de Silviana era o outro, e à espera do outro é que deveria ter vivido. Na verdade o perdera para sempre nas noites em que Marcos vinha — depois morando com ela no apartamento que lhe coube ao desquitar-se.

Quando o obrigou a contar a verdade a Silviana, ele havia saído à noite e dormido com outra mulher. Contou-lhe tudo, como uma purgação, sem que ela perguntasse. Era espantoso não ter percebido então o que estava acontecendo. Como ele devia ter sofrido! Foi buscar numa mulher de rua o que ela buscara com Afrânio anos antes: a derrota de um amor impossível.

Impossível por sua causa — por isso ele não vinha mais jantar em casa. Chegava tarde da noite a fim de encontrá-la dormindo. Mas ela apenas fingia dormir. Na realidade via tudo, sabia que assim se encerravam tristemente aqueles doze anos.

A primeira sensação de Silviana tinha sido realmente de triunfo. Ele a queria também, ele a havia beijado. Nem reparou na mãe que chegava: saiu da

DUAS NOVELAS DE AMOR

sala e foi para o quarto, onde passou mais de uma hora, estirada na cama e olhando o teto, extasiada.

Tudo recomeçava ali, renascia naquele beijo. Não conseguia pensar o que Marcos significava antes para ela. As recordações se misturavam, distantes. Mesmo a festa de formatura no Colégio, em que procurava ansiosa Ricardo com os olhos, era um acontecimento remoto. Nem conseguia relembrar com precisão a fisionomia de Ricardo, a seu lado na curva da escada, a voz dele à noite no telefone. Os outros, ela própria, todos eram diferentes. As emoções passadas lhe pareciam frívolas: o sentimento que a ligava a Marcos, o desejo pueril de ajudá-lo contra a mãe, quando se escondia atrás da coluna na varanda para ouvi-los a discutir — ou o namoro com Ricardo, que Marcos acompanhava fingindo não saber.

Para Ricardo sobrava a parte pior. Sua imatura afeição por ele terminava ali. Mal se lembrava de tê-lo beijado com amor, de haver perdido o sono e chorado por sua causa. O beijo de Marcos apagara tudo.

Aquele estado de espírito não perdurou. Aos poucos ela foi sendo dominada pela incerteza. E Marcos não parava mais em casa. Raramente o via, e então mal conversavam. Era preciso que falasse com ela, desse uma certeza qualquer.

Só agora, depois de alguns dias, tinha perspectiva para avaliar o que acontecera. Estava diante de um fato concreto, opressivo nas suas graves consequências: aquele homem pertencia à sua mãe — viveram juntos durante anos, dormiam juntos toda noite. Ele estivera sempre presente, ajudando a mulher a criar a filha como sua. E essa filha simplesmente passara a desejar o homem que sua mãe amava — mesmo quando pensava ser seu pai. Mesmo naquele tempo! Na sua mente tudo se misturava. O seu carinho de filha assumia proporções anormais. Amava-o desde criança e a mãe sempre fora uma rival. Via com despeito o casal se recolher à noite, deixando-a sozinha. Aquilo era agora uma aberração aos seus olhos: chegara a desejar que a mãe saísse sempre, sumisse de uma vez, para que ele ficasse sendo somente dela.

Uma tarde, debruçada na varanda, espiava a entrada do edifício, quando, ao voltar-se, deu com a mãe atrás de si. O sol da tarde batia-lhe no rosto pálido, acentuando a flacidez da pele. O cabelo era de um castanho desbotado, com reflexos prateados aqui e ali. Ficou a olhá-la, tomada de aflição. Ultimamente era a primeira vez que se viam assim, tão juntas, na iminência de uma conversa.

O silêncio se prolongava, insuportável. O que a perturbava mais era ter sido surpreendida na expectativa de ver Marcos entrando no prédio. Precisava

DUAS NOVELAS DE AMOR

falar alguma coisa, e só lhe ocorria perguntar: será que ele vem cedo hoje?

— Esse sol não está incomodando sua vista não, mamãe?

Em vez de responder, Geni murmurou em voz baixa, sem olhá-la:

— Silviana, preciso conversar com você.

Havia chegado o momento — algo ia ser dito, ia ser posto às claras, e ela tinha medo.

— Você se lembra do Afrânio? — a mãe perguntou inesperadamente, agora voltando para ela um olhar distante: — O filho do velho Ernesto, aquele nosso vizinho. Você se lembra... Irmão do Ricardo.

— Me lembro sim. Que é que tem ele?

Precisou se inclinar para ouvir a voz da mãe, que o ruído da rua, lá embaixo, tornava quase inaudível:

— Você se lembra que ele... Você e Ricardo brincavam juntos, mas ele também vinha sempre à nossa casa. Era o mais velho... Vinha sempre à nossa casa a pretexto de brincar também e então... Você se lembra, não se lembra?

Geni se encostou na coluna, mãos atrás das costas, olhos perdidos no ar. Perdida ela própria em meio às palavras, já não falava para ninguém:

— E então ele vinha sempre... Era terrível...

Silviana olhava a mãe sem entender, e esperava, ansiosa. O que era terrível? Por que ela dizia aquilo, aonde queria chegar?

— Eu sabia que era uma mulher abandonada, e para sempre. Então Afrânio vinha todos os dias, era um menino ainda, vinha e...

Agora ela parecia fazer um esforço para se concentrar. Endireitou o corpo e encarou a filha, mudando de tom:

— Silviana, você já sabe que Marcos não é seu pai. Você sabe que vivemos juntos mas eu fui casada com outro. Esse outro me deixou pouco antes de você nascer.

Ela havia assumido um tom apressado, como se quisesse terminar logo. Silviana procurava controlar a emoção, porque agora ela ia falar:

— Portanto, ele não sendo seu pai, se você... Se vocês...

A voz lhe faltava. Levou as duas mãos ao peito, entontecida.

— Que foi, mamãe? — Silviana perguntou, aflita, procurando ampará-la. — Que é que você tem?

Ela não respondeu. Apoiada na filha, vacilante, deixou-se conduzir mansamente até a sala:

— Para o quarto. Me leve para o quarto.

— Está se sentindo mal?

— Não foi nada, minha filha. Só uma tonteira.

Logo se refez, caminhando mais firme:

— Já estou melhor. Preciso descansar um pouco. Depois nós conversamos.

Silviana acompanhou-a até o quarto, e em seguida saiu do apartamento. Desceu a escada e foi sentar-se no degrau de seus encontros com Ricardo. A cabeça confusa, sem saber o que pensar, ali ficou durante longo tempo.

Mais tarde, quando já escurecia, Marcos veio subindo lentamente a escada e a encontrou.

5

Naquele dia Marcos não deixou o escritório mais cedo, como vinha acontecendo. Ainda assim, recusou uma causa que tempos antes daria tudo para obter. Não tinha cabeça para pensar em nada — em casa o aguardava um problema a ser resolvido e ele apenas fugia.

A secretária, pouco tendo a fazer, passava a maior parte do tempo lendo revistas. Sentado à sua mesa, alguns papéis espalhados diante de si mas a cadeira voltada para a janela, Marcos esperava um acontecimento qualquer — algo imprevisível, capaz de lançá-lo fora do mundo sombrio em que se via mergulhado.

Exausto, passou a mão pelo rosto, fechou os olhos. Não conseguia esquecer a expressão de Geni naquela tarde em que o surpreendera com Silviana nos braços. A partir de então seu destino parecia haver desandado.

Um destino bem medíocre, afinal, pensava ele. Uma existência bem pobre, a sua, sem nenhuma perspectiva. Aos quarenta anos, tinha de reconhecer que a mocidade havia passado em brancas nuvens. Como pudera viver doze anos com Geni e praticamente à sua custa — uma mulher casada, mais velha, abandonada e infeliz. Naqueles anos ele consumira nela como num pântano a sua força de homem.

Até que a força ressurgisse, provocada pela filha. A lembrança de havê-la desejado como a uma mulher lhe trazia ainda um sentimento de culpa. Mas ao mesmo tempo parecia ter renascido para uma nova realidade, acordado de um longo sono.

Só que Geni também acordara — e agora os sete anos de diferença se tornavam um abismo entre eles, os dois fugiam um do outro em direções opostas.

Voltado para a janela e olhando abstraído a rua, Marcos foi trazido à realidade pela voz da secretária, avisando que uma pessoa queria vê-lo:

— Disse que é o filho do seu Ernesto, o senhor sabe quem é.

No primeiro momento pensou em Afrânio. Vira-o recentemente, já crescido, passando a seu lado na rua, como um desconhecido, sem cumprimentá-

-lo. A prevenção de Geni contra ele... Por que Afrânio o procurava? Alguma coisa de novo ia acontecer — mandou-o entrar.

Logo tinha diante de si um rapaz magro, alto, hesitante junto à porta. Parecia-se com o outro mas era Ricardo, seu irmão mais moço. O namorado de Silviana.

Não o vira antes senão duas ou três vezes, de longe — guardava dele apenas a imagem do menino brincando com ela junto ao portão. Pareceu-lhe tímido, irresoluto, mas havia qualquer coisa de nobre nos seus olhos, no rosto jovem. Frente a ele, Marcos se sentia grave e formal:

— Faça o favor de se sentar.

O jovem sentou-se ereto na poltrona à sua frente:

— É provável que o senhor não se lembre de mim.

Marcos assumiu um ar profissional. Aquele moço era um simples cliente que o viera procurar:

— Me lembro sim. Me lembro de seu pai, seu Ernesto. Como vai ele?

— Vai bem. Mas vim aqui foi para falar com o senhor a respeito da sua filha.

A conversa começava mais direta do que Marcos esperava:

— Ah, sim, a respeito de minha filha. E o que deseja falar a respeito dela?

DUAS NOVELAS DE AMOR

O rapaz parecia não saber o que dizer e a confusão se espelhava em sua face. Insensivelmente Marcos mudou de tom:

— Sim, eu compreendo... Mas o que você quer de mim?

Ricardo apertou com força os braços da poltrona, respirou fundo:

— Por que o senhor a proibiu de se encontrar comigo?

Marcos respondeu sem vacilar:

— Está muito enganado. Se ela não se encontra mais com você é por sua livre e espontânea vontade.

Uma insolência daquele moço, vir lhe tomar satisfações, pensou ele, se levantando:

— Além do mais, posso proibi-la de se encontrar com quem eu bem entender. É minha filha e eu faço o que quiser.

Atônito, o jovem empalideceu, e até seu corpo parecia vacilar, quando também se ergueu. A tensão entre os dois tornava mais pesado o silêncio que se seguiu. As palavras de Marcos ganhavam para ele próprio um sentido aberrante: é minha filha, eu faço o que quiser. Tinha feito o que queria com ela — quisera beijá-la e havia beijado. O temor de que o outro um dia viesse a saber fez com que ele desviasse o olhar, constrangido. Tentou se controlar, voltar atrás:

— Bem, eu não queria dizer isso... É que Silviana tem me preocupado muito.

A secretária entrou, perguntando se podia ir. Marcos a dispensou e depois fechou ele próprio a janela, fingiu colocar em ordem alguns papéis sobre a mesa:

— Vamos sair, conversar lá fora, é melhor.

Saíram, Marcos trancou a porta. No elevador não se falaram — cada um tentando adivinhar o que o outro estava pensando e como terminaria tudo aquilo. Já na rua, enquanto caminhavam, Marcos pousou a mão no ombro do rapaz, num gesto conciliador:

— Há quanto tempo você conhece Silviana?

— Desde menino. Ela morava na casa vizinha. Nós brincávamos juntos quando crianças, o senhor não se lembra?

— Eu digo atualmente, depois que vocês cresceram. Não se viam desde então e acredito que há muito pouco tempo que vocês...

— Há bastante tempo: quase um ano.

— E se encontravam sempre?

Ricardo olhou para Marcos, vacilante. As poucos ia cedendo terreno, abrindo-se em confiança, como se pressentisse nele uma inesperada simpatia:

— Bem, nem sempre. O senhor sabe, Silviana... A mãe dela, e às vezes até o senhor mesmo... Não havia nada de mal em que nos encontrássemos.

— Eu sei, e nem estou dizendo isto. Só estou querendo saber. Para poder ajudá-lo, compreende? Onde é que vocês se encontravam?

Desconsertado, Ricardo sentia-se prestes a cair numa armadilha:

— É como eu estou dizendo ao senhor: sempre foi muito difícil. Encontrávamos quase por acaso...

— Pode dizer, não tenha medo. O telefone à tarde, de volta do Colégio, o sinal da janela... Eu sei de tudo, já disse que estou querendo só ajudar. É preciso que você tenha confiança em mim. Você tem confiança em mim?

Apanhado de surpresa, Ricardo respondeu em palavras confusas, gaguejadas:

— Por que não haveria de ter? Eu estava só dizendo...

— E nela?

Haviam parado na esquina para atravessar a rua. De saída do trabalho, as pessoas passavam apressadas, de um lado e de outro, mas os dois não viam nada ao redor e se olhavam, como num desafio:

— Pergunto se você tem confiança nela, em Silviana.

— Confiança em que sentido?

— No único sentido em que um homem pode ter confiança numa mulher: Silviana é uma mulher.

As últimas palavras de Marcos foram ditas num tom intenso — ele se inclinara para a frente ao pronunciá-las, encarando o rapaz. Desta vez Ricardo respondeu com firmeza:

— Tenho. Tenho absoluta confiança em Silviana.

— E se eu lhe dissesse — continuou Marcos, a voz carregada de paixão, e seus olhos brilhavam — que ela ama outro homem e beijou outro homem e é capaz de se entregar a qualquer momento a esse homem, quando ele quiser?

Estarrecido, o jovem recuou num movimento brusco:

— Sua própria filha! — falou, lábios trêmulos, enojado: — O senhor é um monstro.

— Silviana não é minha filha — Marcos retrucou, a voz subitamente neutra, impessoal, e acrescentou: — Você tem razão, eu sou um monstro.

Deu-lhe as costas e se afastou rapidamente.

— Nem mais um minuto — pensava, caminhando depressa pela rua: — Não posso esperar nem mais um minuto.

Quando chegou, teve de subir a pé, porque o elevador não funcionava. Como se fosse combinado, deu com Silviana na última curva da escada. Ao vê-lo, ela se ergueu vivamente e o abraçou sem uma palavra. Ele correspondeu ao abraço, mas logo, sentindo aquele corpo jovem contra o seu, afastou-a de manso. Silviana se encostou na parede, calada, à espera. Ela é linda como um pássaro, pensou Marcos, contemplando a sua figura recortada de sombras.

— Tive hoje de subir por aqui...

Murmurou qualquer coisa sobre o elevador e se calou. O silêncio baixou sobre os dois. Segurou-lhe as mãos:

— Silviana, eu vou embora — falou, afinal.

Ela continuou calada, imóvel, repetindo mentalmente "ele disse que vai embora, ele disse que vai embora".

Marcos passou a mão pelo rosto, fechou os olhos. Chegava a ouvir a respiração dela à sua frente. Tornou a olhá-la — linda como um pássaro. Veio-lhe de repente um despeito de si próprio, uma mágoa de não ser mesmo seu pai. Ali estava a origem mais profunda de todo o sofrimento naqueles dias.

— Silviana, se você soubesse, também me consideraria um monstro.

— Monstro? — estranhou ela.

— Ricardo disse que eu sou um monstro.

— Ricardo? Você esteve com ele? Onde? Quando?

— Agora mesmo. Foi me procurar no escritório. Pensei que isso não lhe interessasse mais.

— E não interessa. Só gostaria de saber o que ele queria.

— Queria você.

E ele acrescentou, como se falasse para si mesmo, o rosto voltado para a parede:

— Ele pode querer você mas eu não posso porque você é e será sempre a minha filha, desde aquele dia em que te vi brincando no Parque.

Silviana tinha os olhos fechados — as últimas palavras dele lhe provocaram uma sucessão de lembranças:

— Mamãe — balbuciou.

— Silviana, eu já disse que vou embora. Agora, neste momento.

Ficaram em silêncio, ao lado um do outro, sem se olharem, fatalizados pelo tom de despedida. A sombra imóvel de ambos na parede branca era a de dois condenados.

— Vou com você — falou ela, afinal.

— Impossível — e num repentino impulso de decisão ele começou a dizer tudo o que lhe vinha à cabeça: — Ainda há pouco eu sofria porque você não é minha filha. Mas você não deixou de ser minha filha mesmo tendo outro pai. Aqui sozinhos, somos dois seres aflitos. Aqui sozinhos somos dois loucos, Silviana. A sua lucidez te espera lá em cima, junto de sua mãe. E a minha está em ir embora. Eu falo em nome de seu verdadeiro pai. Meu Deus, em nome do pai... Eu vou embora. Adeus, minha filha.

Deu-lhe as costas e desceu a escada, sem que Silviana fizesse o menor movimento para retê-lo.

Com a ausência de Marcos, a princípio o constrangimento manteve mãe e filha longe uma da outra. O silêncio prevalecia entre as duas quando raramente se encontravam. Passaram a fazer as refeições em horas desencontradas.

Até que uma tarde Silviana deu inesperadamente com Geni a esperá-la na sala:

— Marcos telefonou — disse-lhe a mãe, tentando um tom casual: — Vai mandar buscar as coisas dele.

Silviana respirou fundo e sentou-se à sua frente. Então pediu com determinação:

— Mamãe, eu gostaria que você me falasse sobre meu pai. Como era o nome dele?

— Chamava-se Vítor. Nunca mais o vi, nem sei que fim levou.

Em voz baixa, quase inaudível, passou a falar no pai de Silviana: ele a deixando por outra mulher, ela grávida de quatro meses, e depois da confusão do desquite, sumindo para sempre: não apareceu mais — nem mesmo para conhecer a própria filha. Mas a pensão que lhe coube e a casa, mais tarde trocada pelo apartamento, davam para as duas irem vivendo. Até que Marcos surgiu:

— O resto você já sabe.

— Gostaria que me falasse nele também — pediu a filha, agora docemente.

— Sempre foi inocente como um menino. E é o que ele tem de melhor.

De surpresa em surpresa, Silviana ouviu a mãe contar que Marcos, órfão desde cedo, era um jovem desamparado, praticamente sem profissão quando o conheceu, embora formado em direito. Ela o incentivara a montar o escritório de advocacia, cujo rendimento mal dava para o aluguel da sala. E agora se fora, como o outro — provavelmente arranjaria outra mulher, que o ajudasse a viver.

A amargura de Geni transparecia sob o tom neutro com que acrescentou:

— Mas eu gostaria que você guardasse dele uma boa lembrança. Como a de um pai, que aliás ele sempre...

Calou-se, interrompida pelo telefone, que soou apenas uma vez. Atenta, Silviana se ergueu vivamente, caminhou até a janela e ficou a olhar para baixo. Em pouco lá estava ele, do outro lado da rua, acenando para ela.

Reaproximou-se da mãe:

— É o Ricardo, mamãe. Meu namorado. Vou me encontrar com ele. Mas assim que eu voltar, quero que me fale mais sobre você e meu pai.

E deu-lhe um terno beijo na face antes de sair.

NOITE ÚNICA

1

Ester dava os últimos retoques na mesa já arrumada para a ceia de Ano-Novo. Ainda era cedo, mas no Rio de Janeiro qualquer festejo começa antes da hora: aqui e ali já se ouviam os primeiros foguetes.

A princípio ela havia pensado numa reunião descontraída, com jantar à americana — cada um se servindo à vontade e indo sentar-se onde bem entendesse, pratinho no colo. Mas num apartamento de quarto e sala, como aquele de Copacabana onde ela morava, não havia muito espaço para as pessoas se espalharem. A presença do Doutor Tostes com a mulher a fizera optar por uma ceia mais condizente com o reduzido número de convidados, todos em torno à mesa: dois castiçais com longas velas a serem acesas na hora; castanhas, nozes e avelãs, figos secos, um bolo, docinhos variados, seis pratos com respectivos copos e talheres. Na *étagère*, o balde de gelo, uma garrafa de uísque e duas de vinho tinto, a serem abertas na hora — as de vinho branco, na geladeira. Tudo como mandava o figurino. E o peru lá no forno, esperando a hora.

— Doutor Tostes aqui, a mulher dele do outro lado — ela ia designando para si mesma os lugares de cada um: — O Adolfo em frente à Elvira. Mas que é isso, Matilde?

A empregada vinha da cozinha trazendo a travessa com o peru.

— Ainda é cedo, minha filha. Assim ele esfria.

A moça pôs a travessa na mesa:

— Cedo para a senhora. Eu já devia ter saído há muito tempo.

— Pensei que você fosse ficar para me ajudar.

— Eu avisei que só vinha para assar o peru. Servir a mesa eu não vou poder não.

Mais essa agora, Ester suspirou, resignada: e ela que não sabia nem partir aquilo.

Como se adivinhasse seu pensamento, Matilde ofereceu:

— Se a senhora quiser, eu parto agora.

— Não precisa. Na hora é que tem graça.

Melhor então era deixar a tarefa para os convidados. Doutor Tostes tinha cara de quem sabia destrinchar um peru. Levou-o de novo para a cozinha, recolocou-o no forno.

— Já ia me esquecendo das flores — disse para si mesma.

Pôs-se a arrumar numa jarra, caprichosamente, as flores compradas na feira pela manhã. Findo o trabalho, levou a jarra para a sala, colocou-a no centro da mesa. Despachou a empregada:

— Vai, menina. Reza uma Ave-Maria para mim.

A moça informou, sorrindo, que não ia à missa e sim a um baile com o noivo:

— Antes vamos jogar flores para Iemanjá.

— Então joga uma para mim — e Ester lhe estendeu uma flor.

Pensou um instante e pediu-lhe que esperasse. Foi ao quarto, apanhou a bolsa no armário, retirou dela uma nota e lhe entregou:

— Uma balinha para os meninos.

— Não precisa, Dona Ester — a moça começou a rir: — Não tenho meninos não, sou noiva...

— É isso mesmo, que distração a minha! Então para você mesma. Ou para o seu noivo. E feliz Ano-Novo, viu?

Depois que a outra se foi, voltou a escolher os lugares de cada um na mesa: de um lado, Elvira, Doutor Tostes e ela; do outro, Adolfo, a mulher do Doutor Tostes e o amigo que ele pedira licença para trazer, cujo nome nem sabia. Não conseguia imaginar como seria esse amigo. De qualquer forma, melhor ninguém na cabeceira, para não ficar muito formal. Já não tinha grande simpatia por aquele hábito de separar os casais. Ainda bem que a Elvira e o Adolfo nem se conheciam ainda. Pois até que não seria nada mal. O irmão andava precisando mesmo se casar. Para certas pessoas o casamento só podia fazer bem. Na sua família ele era o único que não casara. E aquelas mulheres com quem ele costumava sair, francamente... A Elvira era outra coisa, quem casasse com aquela ali tirava a sorte grande. Como colega na prefeitura ela é impecável, pensou: não sentiu a menor inveja quando Doutor Tostes me chamou para o seu gabinete. E era doidinha para casar. Sabe-se lá! Tudo podia acontecer. Ela própria, foi numa festa assim que conheceu o Rodrigo. E depois que casaram, as festas que davam! Aquele peru era um passarinho, perto dos que eles preparavam na ceia de Natal.

O telefone tocou, foi atender. Era Elvira. Custou a entender o que ela dizia:

— Como? Fala mais alto! Está fazendo muito barulho aí, não dá para ouvir nada. Pensei que você já estivesse chegando! Vem logo, que o tráfego hoje fica horrível, não vá chegar depois de meia-noite.

Elvira dizia estar em casa de um primo.

— Pois traz seu primo com você! Como? Ele não vai poder vir? Ah, você também não pode vir...

Contou-lhe que, entre outras pessoas, viria o Adolfo: — Queria tanto que você conhecesse meu irmão. Mas já que não pode mesmo... Não, não reparo não, imagine... Tira isso da sua cabeça. Não tem de que se desculpar. Feliz Ano-Novo...

Desligou e foi até a mesa, retirando dela um prato e respectivos copos e talheres. Pensou um instante, voltou ao telefone, discou para o irmão:

— Você ainda não saiu? Já devia estar a caminho... Escuta, Adolfo, que tal se você trouxesse aquela sua amiga? Aquela que você me apresentou outro dia, como é mesmo o nome dela? Achei uma moça simpática, educada...

O irmão disse que infelizmente não daria tempo: havia marcado encontro com uns amigos no Clube dos Caiçaras. Desapontada, ela insistiu ainda:

— Não dá tempo como? Você tinha ficado de vir... Por que não passa aqui primeiro, é caminho, toma um uísque com a gente, come uma fatia de peru e depois da meia-noite vai para o Caiçaras encontrar os seus amigos? Gostaria que você conhecesse o Doutor Tostes...

Adolfo dizia que teria muito prazer em conhecer o Doutor Tostes, mas noutra ocasião. Naquela noite, infelizmente...

— Está bem, está bem, não quero ficar insistindo. Já que não pode vir mesmo... Para dizer a verdade, queria que você conhecesse é a Elvira, aquela colega minha de quem lhe falei, mas ela também não vai poder vir. O quê? Ah, sim, está esperando um telefonema. Então feliz Ano-Novo para você, e não se esqueça... Alô, Adolfo?

O irmão já havia desligado. Depois de ligeira indecisão, repôs o fone no gancho. Quando retirava outro prato da mesa, ouviu a campainha da porta, foi abrir.

— Miaaaau! — e num salto felino, pulou para dentro da sala um homem vestido de gato.

2

Estupefata, ela só reconheceu o Mário quando viu a Judite, mulher dele, entrando atrás. Por pouco ia deixando de reconhecer também a ex-cunhada, que estava fantasiada de holandesa. E parecia mais espantada do que ela:

— Ester! — a outra exclamou.

— Você por aqui? — perguntou o gato, caindo em si, e olhando ao redor, aparvalhado.

Ela tentava se refazer do susto com uma risada:

— Você está tão engraçado, Mário, vestido assim... E você também, Judite... Mas que surpresa boa! Chegaram mesmo na hora.

Enquanto falava, depois de fazê-los sentar-se no sofá do outro lado da sala, ela repunha os dois pratos na mesa:

DUAS NOVELAS DE AMOR

— Daqui a pouco vão chegar uns convidados meus, eles vão achar graça ao ver vocês — e acrescentou, voltando a rir: — Só falta virem fantasiados também... Como é que descobriram meu endereço?

Os dois se entreolharam, embaraçados. Judite aproveitou-se da distração de Ester ao alterar o arranjo da mesa, soprou para o marido:

— Eu bem falei que não era aqui. Agora explica para ela.

— Explica você — soprou ele de volta, amuado, o que tornava mais cômicos os bigodes de gato pintados a carvão nas suas gordas bochechas, a touca com pontudas orelhas de gato encimando a cabeça. Ester já se reaproximava, louvando aquela ideia tão original, mas pensando no que não diria o doutor Tostes, quando entrasse e desse com eles.

— Se tivessem me avisado eu teria me fantasiado também — gracejou. — Ouvi dizer que essa mania está pegando no Brasil. Parece que é coisa de inglês, se fantasiar no Ano-Bom. Eles não têm carnaval... Vocês querem tomar alguma coisa? Aceitam um uísque, um copo de vinho?

Judite agradeceu, recusando pelos dois. E comentou, não tendo mais o que dizer:

— Você está muito bem, Ester.

Ela passou a mão pelo rosto, pensativa:

— Que remédio... Estou trabalhando, fazendo o que eu posso. Depois que fiquei sozinha tive de me defender.

Fez uma pausa, mudou de tom:

— Bem, tudo já passou, muita água já correu... Como vai indo seu irmão?

— Eu quase não tenho visto o Rodrigo, sabe? — tornou Judite, vacilante: — Com a vida que a gente leva...

— Com a vida que ele leva — corrigiu Ester, forçando um sorriso.

— Ou isso — concordou a outra.

— Ele anda sumido — comentou Mário.

Ia dizer mais alguma coisa, mas a mulher o interrompeu, tentando mudar o rumo da conversa:

— E você, Ester, que é que tem feito?

Ela se sentou na poltrona em frente aos dois:

— A mesma vida de sempre. Vocês podem não acreditar, mas hoje eu me sinto completamente feliz. E vocês dois? Mais algum filho?

— Tivemos uma menina, você não soube?

Mário se animou:

— E se chama Ester, veja que coincidência.

— Quer dizer que não foi por minha causa... — brincou ela.

DUAS NOVELAS DE AMOR

Sem jeito, Mário empertigou-se no sofá, e era grotesca a sua figura, vestido de gato, pernas cruzadas, sentado com toda compostura:

— Bem, eu não quis dizer isso...

Judite tentou corrigir:

— Só podia ser por sua causa. Sempre gostei de você, Ester — e acrescentou, como para si mesma:

— Você merecia coisa melhor.

— Quando vocês se separaram ficamos do seu lado — nem bem falou, Mário percebeu que dissera outra vez algo inoportuno.

— Quando nos separamos... — Ester respirou fundo: — Ouvi dizer que ele já se separou da outra também, não foi?

Judite tomou coragem e se ergueu, Mário a imitou:

— Bem, Ester — disse ela: — Esse é um assunto delicado, que eu, se fosse você...

Ester também se ergueu:

— Está bem, esquece. Não vou falar nisso. Nunca mais falei nisso, nem sequer pensei. Só que ao ver vocês dois aqui, depois de tanto tempo, assim de surpresa... Não pensem que eu não seja grata. Se não fosse você, Mário, eu não estaria mais neste mundo...

— Ora, meu bem, deixa disso — protestou ele. — Bobagem...

— Bobagem? Eu estaria mortinha e enterrada. Esta é a bobagem, sem tirar nem pôr. Vocês chega-

73

ram lá em tempo, naquele dia. E acabaram não levando as roupas dele, eu trouxe para cá tudo que ele deixou, quando me mudei, ficou comigo até hoje. Confesso que houve época em que esperei que ele próprio viesse buscar. Hoje só espero que ele não tenha ficado sabendo daquela loucura. Você não contou para ele, contou, Mário? Me disse que não contaria nunca, como se fosse segredo de médico, sigilo profissional.

— É lógico que não contei, Ester.

— Eu estava tão desesperada — e ela por um instante segurou a cabeça com as duas mãos: — Não aguentava mais viver ali. Depois que me mudei para cá, tudo passou: quem acabou afinal morrendo para mim foi ele. Digo para todo mundo que sou viúva. E é viúva que me sinto. A Matilde, por exemplo, pensa que eu sou viúva. Ainda hoje andou me perguntando por que não torno a me casar.

— Quem é Matilde?

Explicou que se tratava de uma mocinha que vinha três vezes por semana arrumar a casa.

— Foi quem me ajudou a assar o peru. Eu sozinha não saberia. Mas sei cozinhar uma coisinha ou outra.

— Acho que você devia pensar nisso, Ester — Judite comentou.

— Em quê? Cozinhar?

— Em se casar — esclareceu a outra, rindo.

— Você está maluca? — e ela tentou sorrir: — Aguentar outro homem? Prefiro continuar viúva.

Os dois se dispuseram a partir:

— Temos de ir andando, não é, meu bem? — disse Judite para o marido.

— Isso mesmo — e ele acrescentou, encabulado, às voltas com o rabo da fantasia: — Temos um compromisso, estão à nossa espera. Passamos aqui só para lhe dar um abraço...

— Não, para que mentir? — cortou Judite, resoluta, abraçando Ester em despedida: — A verdade é que nem sabíamos que você morava aqui. Estamos indo à festa de um pintor que mora neste edifício, erramos de porta. Mas foi bom ter visto você, Ester. Que Deus lhe dê um Ano-Novo muito feliz.

— O Bereda? — exclamou ela. — Mora no andar de cima. Até pensei em convidá-lo para cear conosco, mas ele não podia, justamente por causa dessa festa. Me dou muito com ele. Disse que gostaria de fazer o meu retrato...

Os dois se foram, com um silencioso abraço final. Por um instante ela, pensativa, se deixou ficar, encostada na porta. Depois caminhou decidida até a mesa e tornou a retirar dois pratos.

3

Pouco tempo depois era o porteiro, um mulato claro de seus trinta anos, que vinha trazer-lhe um recado:

— Um homem no carro dele com a mulher e mais um outro falando que não podiam subir porque estavam atrasados e então ele falou...

Ela o interrompeu:

— Devagar, Sebastião, porque do contrário não entendo nada. Quem falando o quê?

— Um homem no carro dele. Falou pra avisar à senhora que estavam com pressa, tinham de chegar lá antes da meia-noite.

— Lá onde?

— Lá no lugar para onde eles estavam indo.

— Como era o nome dele?

O porteiro coçou a cabeça, vacilante:

— O nome ele falou mas eu não me alembro não senhora.

— Seria Tostes?

— Acho que era isso mesmo.

Ester mordeu o lábio, absorta:

— Mandou dizer que não vem...

— Só que na hora de ir embora falou pra mim assim baixinho: avisa pra ela que se eu puder passo mais tarde...

— Se puder passa mais tarde — repetiu ela, como um eco. — Muito obrigada, Sebastião.

Quer dizer que não vem ninguém, concluiu, e respirou fundo. Foi até a *étagère* e, mecanicamente, preparou para si um uísque com gelo. Dando com o porteiro ainda parado à porta, perguntou-lhe se aceitava um, para celebrar a passagem do ano.

— Não sei se devo, Dona Ester — vacilou ele.

— Claro que deve — e o fez transpor a porta, serviu-lhe um uísque. — Toma. Feliz Ano-Novo.

Mal ergueu o copo, o porteiro já virava o seu de uma só vez:

— É danado de bom — exclamou, com uma careta, e instintivamente estendeu o copo como se quisesse mais.

Ela hesitou, mas acabou lhe servindo outro, que ele tornou a virar de uma só vez. Depois devolveu o copo com um trejeito:

— Acho que chega, enquanto é tempo... Agora já vou indo, que minha mulher está me esperando lá em casa com o resto do pessoal.

— Vai ter uma festinha?

— Quem dera! — ele riu, revirando os olhos: — Coisa de pobre. Minha mulher queria preparar umas coisinhas, mas não deu...

Ela indicou com a cabeça o andar superior:

— Aí em cima no Bereda é que deve estar animado, hein? Já chegou muita gente?

— Desde que estou na portaria entrou gente vestida de tudo, até de diabo. A senhora não vai na festa dele?

— Ele me convidou, mas eu também estou esperando uns amigos.

— Seu Bereda é meio maluco — o porteiro tornou a rir. — Ele está bebendo desde a hora do almoço, fantasiado de índio. Enfeitou o apartamento todo, feito no carnaval. Me chamou para ajudar. Enrolou o tapete, tirou tudo do lugar, só deixou os quadros... Cada quadro!

Sacudiu a cabeça e ria cada vez mais, já sob o efeito da bebida:

DUAS NOVELAS DE AMOR

— Seu Bereda só pinta mulher pelada. Cada mulherão!

Ela fingiu não ter ouvido.

— Como a senhora... — ele acrescentou, a olhá-la de maneira diferente.

— Que é isso, Sebastião — censurou ela. E indicou-lhe a porta ainda aberta: — Acho bom você ir embora.

— Me desculpa, Dona Ester — ele caiu em si e tentou corrigir, recuando um passo: — Me deu uma coisa... Foi essa bebida. Pensei que a senhora gostasse... Que a senhora...

— Olha a falta de respeito — ela advertiu, já à porta, pronta para fechá-la assim que ele saísse.

— Eu sempre soube respeitar. Mas é que a senhora hoje estava tão esquisita, me deu uma coisa...

— Também não precisa ficar aí parado com ar de cachorro que quebrou a panela. Boa noite.

Ele se dirigiu para a porta, hesitante:

— Boa noite. Me desculpa, mas hoje...

— Já sei, te deu uma coisa. Agora vai.

— Minha mulher está lá em casa com o resto do pessoal...

— Também já sei. Espera um instante — ela caminhou resoluta até a cozinha, de onde voltou trazendo a travessa com o peru:

— Toma, leva para sua mulher e o resto do pessoal. Feliz Ano-Novo.

Depositou a travessa nos braços que o porteiro estendeu, assombrado, e fez com que ele se fosse. Vendo-se de novo sozinha, suspirou, desalentada:

— Uff! Cada uma...

Diante do espelho da *étagère*, ajeitou o vestido branco, feito para aquela noite, mirando-se com olhar crítico. Embora elegante, o corpo ainda esbelto e aprumado, tinha de reconhecer que a sua idade era uma idade difícil para uma mulher. Só restava o consolo de saber que teria sido mais difícil ainda, ao longo do tempo, se continuasse casada com um homem que além do mais era bem mais moço do que ela.

Lá fora os foguetes estouravam, já numerosos, rojões e fogos de artifício subiam aos céus, iluminando a noite. De todas as janelas ao longo da rua, e principalmente do apartamento acima do seu, vinha-lhe o som alegre de música, vozes, risadas, todo mundo já festejando o novo ano.

Preparou outro uísque e voltou a sentar-se na poltrona.

Sozinha — pensou, e ergueu o copo, como num brinde a si mesma: não viria ninguém, pois, e estava acabado. Tudo inútil: a mesa posta, o peru assado, os doces. E o cabeleireiro à tarde, e o vestido novo, e a longa espera daquele momento. Também, que ideia mais idiota a sua, convidar alguém para comemorar com ela a passagem do ano. Comemorar o quê? A sua solidão? Habituara-se a ser sozinha — ninguém se lembrara de convidá-la aquela noite, nem mesmo o Bereda, como havia inventado para o porteiro.

O foguetório se intensificava lá para os lados da praia, dos morros, de todos os lados, com o fragor de um tiroteio no auge da batalha. O céu explodia em miríades de pontos luminosos, estrelas cadentes, cometas alucinados. Sirenes começaram a soar, buzinas dos carros tocavam em uníssono, numa barulheira infernal, de repente o mundo parecia vir abaixo. Ela se levantou, apanhou na cozinha a caixa de fósforos e foi até a mesa acender com a mão trêmula as velas nos dois castiçais. Depois apagou a luz da sala e tornou a sentar-se na poltrona, ereta, aguardando na penumbra. Não precisava olhar o relógio para ver que o Ano-Novo estava chegando.

4

Um vento fresco entrava pela janela, agitando as cortinas. Na mesa, a chama das velas vacilava, quase chegando ao fim. Do apartamento de cima vinha o som de um *blues*, revelando que a noite passara para a sua segunda fase.

Reclinada na poltrona, Ester adormecera. O estampido de um último e isolado foguete nas imediações a fez agitar-se, assustada, abrindo os olhos. Endireitou o corpo e olhou ao redor, aos poucos tomando conhecimento da realidade.

Já completamente desperta, levantou-se, acendeu a luz da sala e se dirigiu ao banheiro. Lavou o rosto e ia escovar os dentes, quando a campainha da porta soou.

Estática, ficou à escuta, esperando que ela tornasse a soar. Quem seria agora? O porteiro, de novo? Doutor Tostes mandara dizer que, se pudesse, passaria mais tarde...

A campainha outra vez, agora num toque contínuo. Abandonou a escova de dentes, passou rápido um pente nos cabelos, ajeitou o vestido e foi abrir.

Apoiado no batente da porta, uma garrafa de champanhe numa das mãos e duas taças penduradas entre os dedos da outra, ele falou apenas:

— Posso entrar?

Era Rodrigo.

Sem esperar resposta, ele foi entrando, num passo meio irregular de tresnoitado. Ester ficou a olhá-lo, pasmada: estava fantasiado de aluno escolar — blusa branca, calça curta azul-marinho, meia três-quartos. Parou no meio da sala, correu os olhos em torno, devagar. Finalmente se voltou para ela que, sem uma palavra, continuava parada junto à porta:

— Por que você está me olhando assim, como se eu fosse um fantasma?

— Não deixa de ser — respondeu Ester. — Pode me dizer o que é que você veio fazer aqui?

Ele sorriu, inseguro:

— Nada... Uma visita, somente. Achei que seria bem-vindo.

Ela ficou a olhá-lo em silêncio.

— Fale alguma coisa — insistiu ele: — Nós não somos inimigos, somos? Não posso nem entrar?

— Você já entrou — e ela fechou lentamente a porta, sem tirar os olhos dele.

— Então não fica me olhando desse jeito não, que diabo. Até parece que nunca me viu.

— Tão criança assim, nunca — ela procurava dominar a sua perturbação.

— Eu estava aí em cima numa festa, Mário e Judite chegaram contando que tinham te encontrado — ele observou de novo ao redor: — Que é que você está fazendo neste lugar?

— Eu moro aqui — e ela se punha gradualmente mais à vontade: — Eu tinha de morar em algum lugar, não tinha?

Ele coçou a cabeça:

— É... Realmente... Eu não sabia... Eles me falaram, compreende? E então resolvi descer um instante para te fazer uma visitinha.

Olhou a mesa, pondo-se também mais à vontade. Apanhou um figo seco, começou a comê-lo:

— Estou vendo que você não ia passar o ano tão sozinha feito eles diziam.

— Tive uma reunião, se é isso que você quer dizer. O pessoal acabou de sair.

— Que pessoal?

DUAS NOVELAS DE AMOR

— Amigos meus. Você não conhece. Ninguém daquele tempo.

— Nunca mais vi ninguém daquele tempo.

— Pensei que você continuasse na mesma vida...

— Eu mudei muito, minha velha — e ele sentou-se à mesa, às voltas com a garrafa de champanhe.

— Só não perdeu o hábito de me chamar de velha.

Ele fez que não ouviu:

— Sou ou não sou bem recebido para um brinde?

— Que é que vamos brindar?

— A passagem do ano — disse ele, enquanto retirava habilmente a rolha da garrafa, contendo a espuma do champanhe ao encher as taças.

— O ano já passou.

— Bem, se é assim... — e ele se pôs de pé, como se fosse sair.

— Está bem — concordou ela, segurando uma das taças: — À nossa saúde, então.

Provaram a bebida e ficaram em silêncio.

— Que é que você está pretendendo? — ela perguntou finalmente.

— Nada, ora essa, já não falei? Quer que eu vá embora?

— Não... Pode ficar.

Sem se olharem, cada um esperava que o outro prosseguisse a conversa.

— Você mora aqui há muito tempo? — ele perguntou.

— Desde que nos separamos.

— Imagine que já passei aqui em frente à sua porta uma porção de vezes — ele voltou a sentar-se à mesa, ela continuou de pé. — Jamais haveria de adivinhar que você morasse aqui. Costumo aparecer de vez em quando aí em cima no ateliê do Bereda. Você conhece o Bereda?

— Conheço. Aliás, ele...

— Não vai me dizer que ele quer pintar um retrato seu.

— Pois era justamente o que eu ia dizer. Por que você acha isso tão extraordinário assim? Então ele não pode pintar um retrato meu?

— Eu não disse que não podia. É que você sempre teve essa vontade. Vivia dizendo que seu sonho era ter o retrato pintado por um grande pintor. Claro que o Bereda pode pintar, por que não haveria de poder?

— Porque eu não quero que ele pinte, só por isso.

— Não quer que ele pinte. Pois então não pinta, está acabado.

— Eu queria um grande pintor... Como aqueles de antigamente, que faziam o retrato das pessoas como elas eram, sem o sinal da passagem dos anos.

DUAS NOVELAS DE AMOR

— Essa é boa: se a passagem dos anos deixa sinais, o grande pintor é justamente aquele que faz isso aparecer no retrato.

— Não para mim: eu acho que a gente no fundo é uma coisa só, pouco importa o tempo que passa.

Olhou-o de cima a baixo, com ar crítico:

— Você, por exemplo, há de ser sempre um menino.

— Depois você estranha que eu te chame de velha.

— Sabe o que eu acho? — ela retrucou com ironia: — Acho que você devia continuar usando essa roupinha o ano inteiro.

— É uma ideia.

Cada um esvaziou a sua taça, e ficaram ambos calados, evitando se olhar.

— Todo mundo lá foi assim? — ela perguntou, enfim.

— Lá onde?

— Na festa do Bereda.

Animado ante a perspectiva de alguma naturalidade na conversa, ele se levantou, taça na mão, pôs-se a descrever a festa:

— Havia de tudo: você não viu o Mário fantasiado de gatão? Teve uma que apareceu de sereia. Só que as duas pernas estavam metidas num rabo só, tinha de andar aos pulinhos.

— Que gracinha — ela ironizou, se erguendo.

87

— Eu fui fantasiado só porque me pediram — explicou ele, desapontado. — Não queria ser desmancha-prazer.

Depositou o cálice na mesa, fazendo menção de sair:

— E vim aqui te desejar feliz Ano-Novo, só isso. Foi um impulso a que obedeci, compreende? Sem nenhuma segunda intenção. E, agora estou vendo, sem o menor propósito. Bobagem minha, me desculpe se eu vim. Longe de mim querer te magoar.

Ela foi até a mesa e encheu de champanhe a sua taça:

— Você não está me magoando não, pelo contrário. Estou até me divertindo.

— Pensei que pudéssemos ser bons amigos — prosseguiu ele: — Esquecer o que aconteceu.

— Eu já esqueci — ela ergueu os ombros e tomou um pouco de champanhe.

— O essencial para mim é que você esteja feliz.

— Já vem você com a mesma conversa... Eu estou feliz. Felicíssima. Mais alguma coisa?

— Estou apenas querendo conversar, Ester.

— Então pode escolher o assunto.

— O assunto era você.

— Escolhe outro.

— No momento é o único que me ocorre.

Ela riu:

— "Entonces, hablaremos sobre la naturaleza."

Foi a vez de Rodrigo rir, surpreso por ela haver-se lembrado da poetisa chilena que certa ocasião o convidara para visitá-la e "hablar sobre la naturaleza".

— Como não havia de me lembrar? Você teve um caso com ela...

Ele se fez sério:

— Posso jurar que nunca tive nada com aquela mulher.

— Não precisa me dar satisfações. Você não é mais casado comigo.

— É, não deu certo mesmo — e ele se encaminhou para a porta: — Eu esperava que nos entendêssemos, como gente civilizada. Pensei que fosse possível, mas enfim... Foi bom, para eu aprender. Adeus, Ester.

5

— Espera! — pediu ela, meio aflita, mas logo se conteve, quando ele a atendeu, se detendo. Emendou, noutro tom: — Você ainda não aprendeu nem a conversar. Anda mesmo precisando entrar para a escola.

— Tenho de voltar lá para o Bereda — explicou ele, vacilante: — Deixei o pessoal me esperando.

Ela tornou a sentar à mesa:

— Lá deve estar um pouco mais divertido do que aqui, você não acha?

Ele foi-se deixando ficar, já sentado em frente a ela:

— Como andaram as coisas por aqui?

— Que coisas?

— Depois eu é que não aprendi a conversar. Tudo o que eu digo você só sabe perguntar: quem? como? o quê? Parece até que está falando no telefone! Eu me refiro à festa que você deu. Pelo jeito acabou cedo, não foi? Lá em cima a festa continua.

— Sem você? Antigamente a festa era sempre onde você estivesse.

— Isso era antigamente. Não quer ir até lá comigo? Judite sugeriu que eu te levasse.

— Ah, quer dizer que essa visita foi ideia da sua irmã. Fala com ela que eu agradeço muito mas estou cansada, deixei que o pessoal saísse cedo porque não podia mais de sono.

— Ela e o Mário disseram que não tinha ninguém aqui.

— Ora, eles nem chegaram a entrar! Tinha o Adolfo, a Elvira, o Doutor Tostes...

— Aquele da prefeitura?

— Ele mesmo. É meu chefe. Estou trabalhando lá, você não sabia?

Rodrigo disse que sabia, alguém já lhe tinha dito. Ficara preocupado, na época, havia pensado mesmo em procurá-la:

— Se você estiver precisando de alguma coisa... Minha situação melhorou: estou trabalhando em publicidade. Você não precisa mais abrir mão da pensão.

— Muito obrigada, mas minha situação também melhorou: fui requisitada para o gabinete, trabalho diretamente com o Doutor Tostes. É um homem distinto, meu amigo, me trata de igual para igual...

— Já ouvi falar nele.

— Ele também já me falou de você: disse que conheceu seu pai, que você desde menino tinha muito talento, acha uma pena...

— Uma pena o quê? Nós termos nos separado?

— Não, ele se referia é à sua poesia. Você nunca mais publicou nada...

— É verdade: falta de tempo... Mas andei escrevendo umas coisas aí — e ele sorriu, tímido: — Na época me deu até vontade de trazer para mostrar a você. Fiquei sem jeito, não sabia como seria recebido.

— Exatamente como está sendo — ela também sorriu. — Só que você poderia ter vindo um pouco mais cedo, e vestido de gente grande.

Pensou um instante e acrescentou, como para si mesma:

— Você nunca fez muita questão de me mostrar o que escrevia.

— Você nunca acreditou muito no que eu escrevia — comentou ele, sem mágoa.

— Você era o primeiro a não acreditar. E agora? Já se encontrou consigo mesmo, como dizia?

— Eu nunca disse isso.

— Não só dizia, como dizia também que a sua vida era estéril comigo, nem um filho conseguimos ter. E agora? Chegou a minha vez de perguntar: você está feliz?

— Feliz não digo — afirmou ele, tentando um tom convincente: — Mas estou sendo eu mesmo, fiel a mim mesmo, à minha vocação.

— Vocação de quê? — ela o olhou com ar cético: — Você mesmo acabou de dizer que não cuida de sua vocação por falta de tempo.

— Eu disse apenas falta de tempo para pensar em publicar. Mas não estou falando em vocação como poeta e sim como homem. Hoje eu sou o que quero ser, acabou-se. Você queria fazer de mim um marido como aqueles de antigamente, que traziam um pacotinho de manteiga quando voltavam para casa.

— Não vejo vergonha nenhuma em trazer um pacotinho de manteiga para casa. E é coisa que você nunca fez. No que dependesse de você, nunca teríamos manteiga em casa.

— Puxa, essa sua mania de levar tudo ao pé da letra! Isso é uma maneira de dizer. Eu quero dizer é que hoje sou dono de mim mesmo, faço o que eu quero. Se você chama isso de ser feliz, eu sou feliz.

— Eu acredito — ela murmurou, acrescentando, sem olhá-lo, com ar indiferente: — Me disseram mesmo que você até já tinha se separado dela.

Ele fez um gesto de impaciência:

— Eu falo uma coisa e você me vem com outra. Não era a isso que eu me referia. Aliás, não é verdade que já nos separamos. Isto é, apenas para dar um tempo... Mas continuamos bons amigos.

— Assim como você quer que sejamos "bons amigos"?

— Com você é diferente. Você foi minha mulher, não foi? Nós nos casamos, não foi mesmo? No religioso e no civil. É isso que eu quero dizer, minha velha.

Ela se ergueu da mesa com decisão:

— No religioso você se casou contra a vontade, dizia que não acreditava naquilo. E no civil, você se esquece que nosso divórcio já foi homologado. Não tenho mais nada com você. Para mim você morreu: me considero viúva. Até hoje carrego comigo as suas roupas, que você deixou para trás, como as de um morto. E para de me chamar de minha velha!

Deu-lhe as costas e foi postar-se à janela, olhando a rua. Ele se deixou ficar, cabisbaixo, rodando entre os dedos a taça vazia:

— Sendo assim... — falou, finalmente, erguendo-se também: — Volto para a minha sepultura.

— Favor fechar a porta quando sair — disse ela da janela, sem olhá-lo.

Antes que ele saísse, o telefone tocou.

6

Ela se voltou, assustada:

— A essa hora? Quem poderá ser?

— Eu é que vou saber? — retrucou ele. — Não sei o gênero de vida que você leva.

Ela foi atender, pediu que esperassem e estendeu-lhe o fone:

— É para você.

— Para mim? Quem é?

— Eu é que vou saber? Não sei o gênero de vida que você leva...

Ao telefone, percebia-se que ele procurava encurtar a conversa:

— Sei. Não, meu bem. Um instante só. Estou. Não tem perigo... Não precisa, que já estou subindo. Até já.

Desligou, explicando que era a Ivone, uma amiga sua lá em cima na festa:

— Deram pela minha falta, estão reclamando.

— Eu não disse? Sem você a festa acaba. Convém não deixar a moça esperando.

— Não tenho nada com ela.

— Por que você se julga na obrigação de ficar me dando satisfações da sua vida?

— Não estou lhe dando satisfações. Estou só falando. O que importa... Não importa. Ora, dane-se.

— Você está nervoso à toa.

— Eu é que estou nervoso? — disse ele, andando de um lado para o outro, no auge do nervosismo: — E você? Isso é maneira de me tratar?

— Melhor você ir de uma vez. Já estava saindo mesmo, tinha acabado de dizer que ia voltar para a sua sepultura.

Ele se deteve diante dela, incontido:

— E você, o que está pensando que é? Acha que está muito viva, bancando a viúva alegre para cima de mim? Fala nos anos que passaram com toda a segurança, como se tivesse sido outro dia... Acha que eles passaram só para mim, que não deixaram marcas também em você?

— Eu não falei nos anos que passaram, falei outra coisa. Você pode ser poeta ou lá o que seja, mas jamais será capaz de entender.

— Entendo mais que esse seu Doutor Tostes.

Aquilo a surpreendeu. Olhou-o com estranheza: não percebia que diabo o Doutor Tostes tinha a ver com o assunto.

— Ele não disse que era uma pena eu ter desperdiçado o meu talento?

— Não: quem está dizendo isso é você mesmo. Ele disse somente que era uma pena você não ter publicado mais nada.

— Conheço muito bem esse tipo de gente feito ele: suficiente, dando opinião sobre tudo... "Um homem muito distinto." Conheço de fama a distinção dele. Trata-se de um vigarista, sabia? Um cafajeste da pior espécie. Sempre esteve metido nas maiores negociatas. Além de ser um pilantra, um conquistador barato. Muito bom mesmo para ficar andando com você.

— Não lhe dou o direito de falar de meus amigos. Nem de decidir com quem devo andar e com quem não devo. Além do mais, não acha que é um pouco ridículo, a esta altura, você ainda ter ciúme de mim?

Ele forçou uma gargalhada que não foi muito longe:

— Ciúme? Tinha graça... Você é que não tem noção do ridículo. Olhe-se num espelho! Você não é mais criança, é preciso que se convença disso. Tenha paciência, minha mulher. Agora chegou a minha vez de falar na passagem dos anos.

— Eu sabia... — disse ela, procurando se controlar: — Eu sabia que você não deixaria de me ofender. E numa hora dessas esquece e me chama de sua mulher.

Já exaltada, detém-se diante dele, apontando-o com o dedo:

— Pois fique sabendo que não precisei de você para nada esse tempo todo, entendeu? Homem é que não me falta. Mas aprendi a me defender, inclusive de você. Então não sei que você, se pudesse, me destruiria? Como está destruindo a si próprio, para *ser fiel ao seu destino...* Então eu não conheço esse tipo de linguagem? Vive por aí enchendo a cara nos bares, não tem onde cair morto, e ainda vem com essa conversa de não abrir mão da pensão... Fique tranquilo, que eu me arranjo. Sei que estou sozinha, mas e você? Não está sozinho também? Pensa que eu não soube que a boneca logo te passou para trás e trocou você por outro? Eu pelo menos não te passei para trás.

— Cala essa boca — ordenou ele, tenso.

— Tenho pena de você.

— Cala essa boca — e ele a agarrou pelos ombros.

— Não calo. A boca é minha.

A mão dele, aberta, estalou em cheio na sua face. Estarrecida, olhos cheios de lágrimas, ela ficou a olhá-lo, imóvel:

— Você continua o mesmo: pensa que ser homem é ser bruto — falou.

De súbito foi dominada pela indignação:

— Quer saber de uma coisa? Essa você leva de volta.

Avançou para ele e por sua vez deu-lhe violenta bofetada. Ele segurou-lhe o braço, ela tentou se libertar, acabaram engalfinhados... Aos poucos foram se aquietando, tolhidos à força pelos braços um do outro, já não se poderia dizer mais se ainda estavam brigando ou apenas agarrados. Ela insensivelmente se deixava abraçar, chegando mesmo a apoiar a cabeça no ombro dele. De repente caiu em si, e com toda força, deu-lhe uma pisada no pé. Ele soltou um grito de dor e se desprendeu dela. Arrastou-se mancando até o sofá, onde se deixou cair pesadamente, e retirou o sapato, a gemer. Ela soltou uma risada meio nervosa de vitória, interrompida pela campainha da porta.

— Mais um? Isto aqui hoje está animado — disse, resoluta, indo abrir. Viu diante de si um sorriso gentil sob o bigode bem aparado, olhinhos apertados sob as sobrancelhas grossas, a calva reluzindo ao balançar a cabeça:

— Estava passando aqui em frente, vi a luz da sala ainda acesa... Recebeu o meu recado?

— Entre, por favor — disse ela, ainda ofegante, dando passagem ao Doutor Tostes.

7

O recém-chegado ia entrando, mas estacou, surpreso, ao dar com alguém mais sentado no sofá da sala:

— Ah, me desculpem... É que eu pensei...

— Não tem nada a desculpar. O senhor chegou um pouco atrasado, mas enfim... — e ela apontou para Rodrigo: — Conhece meu marido?

— Seu marido? — e o Doutor Tostes olhava, perplexo, aquele homem vestido de menino.

— Ele mesmo. Veio lá do cemitério me fazer uma visitinha.

— Ah, sim... Pois não... Não quero interromper...

— Não está interrompendo nada, pelo contrário. Ainda há pouco falávamos justamente no senhor. Pensei que vocês dois já se conhecessem.

— Não tive o prazer — gaguejou ele, mal ousando olhar para Rodrigo que até então o ignorava por completo, segurando o pé dolorido.

— Pois ele acabou de me dizer que o conhece muito, não foi, meu bem? — insistiu ela. — Me contou, por exemplo, que o senhor andou metido aí numas negociatas...

Rodrigo a olhava, boquiaberto. Doutor Tostes olhava um e outro, estatelado de surpresa.

— E que o senhor é um conquistador barato, um... Como é mesmo que você falou, Rodrigo? Um pilantra da pior espécie?

— Que significa isso? — Doutor Tostes, compenetrando-se, conseguiu afinal articular alguma reação: — Que brincadeira de mau gosto é essa? Que está pretendendo?

— Eu não estou pretendendo nada — e ela apontou Rodrigo: — Quem disse tudo isso foi ele.

Pasmado, Doutor Tostes ficou a olhá-lo, como se percebesse os seus trajes pela primeira vez:

— Esse menino? Ele disse isso de mim?

Rodrigo aproximou-se, mancando, interpôs-se entre os dois:

— Calma, calma: não se exalte. Este menino é justamente aquele que o senhor disse que é um talento desperdiçado.

— Mas eu nem sequer o conheço! Que é que vocês dois estão pretendendo com esse atrevimento todo? Eu estava passando por aqui e apenas resolvi...

— Resolveu dar uma subidinha, não é? — e Rodrigo chegou mais perto dele, obrigando-o a recuar um passo: — Para ver se faturava ainda alguma coisa, não foi isso mesmo? E ainda vem falar em atrevimento. Sei como é gente da sua espécie.

— Quem é você para vir me dizer uma coisa dessas? Como é que se atreve?

— Sou o marido dela, não ouviu ela falar? Ou o senhor também pensava que ela é viúva?

Doutor Tostes engoliu em seco, procurando se conter:

— Não, eu sabia... Apenas... Gostaria de saber...

Rodrigo cortou-lhe a palavra:

— Eu é que gostaria de saber como é que o senhor se atreve a visitar uma senhora a esta hora da madrugada. Como é que nem se digna de atender a um convite e deixa a coitada passar sozinha o Ano-Novo.

— Coitada, vírgula — protestou Ester: — Veja lá como fala.

— Mas eu mandei avisar... — Doutor Tostes tentava ainda uma saída honrosa: — Exijo uma explicação. Exijo...

— Exige coisa nenhuma — cortou Rodrigo.

— Acho bom o senhor ir saindo — sugeriu Ester. — O ambiente aqui não está nada bom para o seu lado.

— É isso mesmo — confirmou Rodrigo: — Vai dando o fora.

Doutor Tostes hesitou, olhando um e outro, indignado, a respiração opressa. Depois, sem mais nada, fez meia-volta e saiu, batendo a porta.

Os dois ficaram um instante em silêncio. Ela pôs-se a andar pela sala, displicente:

— Tudo bem — concluiu, erguendo os ombros: — Foi-se o meu emprego.

Trocaram um olhar de conivência e inesperadamente começaram a rir ao mesmo tempo:

— A cara dele! Você viu a cara dele?

— Podia dormir sem essa...

Ele tornou a sentar-se e apalpou o pé, interrompendo a risada com um gemido:

— Deve ter fraturado algum osso — disse para si mesmo, e levantou os olhos, resignado: — Olha aí, estão me chamando de novo, tenho de ir.

Era o telefone que voltava a tocar. Ester levou o fone ao ouvido, disse apenas "Ele já vai!" e repôs no lugar. Rodrigo se ergueu, pisando com dificuldade:

— Está doendo cada vez mais.

— Por que não calça um chinelo? — ocorreu a ela sugerir, pensando rapidamente: — Espera um instante.

Foi até o armário do quarto onde guardava as roupas dele, voltou com um chinelo. Fê-lo sentar de novo, agachou-se à sua frente e com cuidado retirou o sapato do pé contundido, substituiu pelo chinelo. Instintivamente ele havia pousado a mão em sua cabeça, ela sentiu os dedos dele se insinuando de leve em seus cabelos. Então abraçou-lhe as pernas, reclinando o rosto em seus joelhos.

— Ester, eu... — ele murmurou, sem saber o que dizer: — Me desculpe tudo isso, mas é inútil...

— Não fale nada — pediu ela.

— É inútil — insistiu ele. — Não era para dar certo mesmo. Tivemos tempo de sobra... Você segue com sua vida, eu sigo com a minha. Talvez um dia ainda possamos nos entender como amigos. Você me desculpe...

Ela se ergueu vivamente:

— Não estou lhe pedindo nada.

— Me desculpe — repetiu ele, erguendo-se também.

— Não leve a mal, mas é melhor você ir embora. Estou tão cansada, Rodrigo.

Bateram à porta, Ester foi abrir, abstraída. Eram três fantasiados: Mário de gato, Judite de tirolesa, e uma jovem morena de bailarina. Enquanto os outros dois se detinham, hesitantes, a bailarina foi entrando:

— Com licença — e se dirigiu ao Rodrigo com decisão: — Isto é coisa que se faça? Me deixar esperando até agora! Todo mundo está indo embora e você aqui com essa mulher, já telefonei duas vezes para cá e você nem confiança, isso é maneira de me tratar?

Ele se pôs de pé com dificuldade:

— Calma, Ivone.

Voltou-se para Ester, constrangido:

— Essa é a Ivone...

De novo para a outra:

— Também não precisa fazer cena por causa disso.

— Não estou fazendo cena nenhuma. Afinal de contas...

A jovem se calou, pressentindo que ali se passava alguma coisa além do seu entendimento. Rodrigo se voltou para Ester, enquanto os demais esperavam em silêncio. Ela lhe deu as costas, foi postar-se à janela. Lá fora o dia começava a clarear.

— Adeus, Ester — ele disse apenas.

Ela continuou de costas, imóvel, sem responder.

— Feliz Ano-Novo, Ester — Mário arriscou-se a acrescentar, sem jeito na sua roupa de gato.

— Vamos embora daqui — encerrou Ivone.

DUAS NOVELAS DE AMOR

Como Ester permanecesse voltada para a janela, sem responder, Mário e Judite acabaram saindo. Ivone tomou Rodrigo pela mão e ambos saíram também, fechando a porta atrás de si.

O tempo parecia parado, num momento em suspenso entre o passado e o futuro, que ali se fundiam num presente sem fim nem princípio. Apenas alguns segundos haviam decorrido, e, no entanto, para Ester, era como se ela houvesse vivido uma eternidade, quando afinal se voltou, já banhada pelas luzes da aurora, e caminhou lentamente até o centro da sala, ficou a olhar, sem pensamento algum, a mesa posta para a ceia que não houve, a chama das velas já quase extintas nos castiçais.

Tomada de súbita premonição, ela se crispou, ansiosa, como se tivesse levado um choque. Voltou-se, correu até a porta, abriu-a num ímpeto: Rodrigo estava parado à entrada — ambos ficaram algum tempo a se olhar, em silêncio.

— Vim buscar meu sapato — disse ele apenas.

Ela continuou imóvel, segurando a porta e seguindo-lhe os movimentos com os olhos. Ele caminhou devagar até o sapato no chão, agachou-se para calçá-lo — acabou tombando de bruços no sofá, com um soluço incontido, e finalmente entregue a uma crise de choro.

Em gestos lentos e precisos ela então fechou a porta, foi até a janela, cerrou completamente as cortinas, impedindo a luz do sol que irrompia no horizonte, para que a noite ali dentro continuasse e veio sentar-se no sofá junto a ele. Tomou-lhe a cabeça nas mãos, apertou-a contra o peito como a de um filho e pôs-se a acariciar-lhe os cabelos, olhando estática sem nada ver diante de si, como se tudo mais no mundo lá fora deixasse de existir e fosse durar para sempre o breve instante de amor que vivia naquela noite única.

OBRAS DO AUTOR

Editora Ática

A vitória da infância, crônicas e histórias – *Martini seco*, novela – *O bom ladrão*, novela – *Os restos mortais*, novela – *A nudez da verdade*, novela – *O outro gume da faca*, novela – *Um corpo de mulher*, novela – *O homem feito*, novela – *Amor de Capitu*, recriação literária – *Cara ou coroa?*, seleção infantojuvenil – *Duas novelas de amor*, novelas – *O evangelho das crianças*, leitura dos evangelhos.

Editora Record

Os grilos não cantam mais, contos – *A marca*, novela – *A cidade vazia*, crônicas de Nova York – *A vida real*, novelas – *Lugares--comuns*, dicionário – *O encontro marcado*, romance – *O homem nu*, contos e crônicas – *A mulher do vizinho*, crônicas – *A companheira de viagem*, contos e crônicas – *A inglesa deslumbrada*, crônicas – *Gente*, crônicas e reminiscências – *Deixa o Alfredo falar!*, crônicas e histórias – *O encontro das águas*, crônica sobre Manaus – *O grande mentecapto*, romance – *A falta que ela me faz*, contos e crônicas – *O menino no espelho*, romance – *O gato sou eu*, contos e crônicas – *O tabuleiro de damas*, esboço de autobiografia – *De cabeça para baixo*, relatos de viagem – *A volta por cima*, crônicas e histórias – *Zélia, uma paixão*, romance-biografia – *Aqui estamos todos nus*, novelas – *A faca de dois gumes*, novelas – *Os melhores contos*, seleção – *As melhores histórias*, seleção – *As melhores crônicas*, seleção – *Com a graça de Deus*, "leitura fiel do evangelho segundo o humor de Jesus" – *Macacos me mordam*, conto em edição infantil, ilustrações de Apon – *A chave do enigma*, crônicas, histórias e casos mineiros – *No fim dá certo*, crônicas e histórias – *O galo músico*, contos e novelas – *Cartas perto do coração*, correspondência com Clarice Lispector – *Livro aberto*, "páginas soltas ao longo do tempo" – *Cartas na mesa*, "aos três parceiros, amigos para sempre, Hélio Pellegrino, Otto Lara Resende, Paulo Mendes Campos" – *Cartas a um jovem escritor e suas respostas*, correspondência com Mário de Andrade – *Os movimentos simulados*, romance.

Editora Berlendis & Vertecchia
O pintor que pintou o sete, história infantil inspirada nos quadros de Carlos Scliar.

Editora Rocco
Uma ameaça de morte, conto policial juvenil – *Os caçadores de mentira*, história infantil.

Editora Ediouro
Maneco mau e os elefantes, história infantil – *Bolofofos e finifinos*, novela infantojuvenil.

Editora Nova Aguilar
Obra reunida.

Você gostou da história que acabou de ler?
Conheça outros livros da coleção
Fernando Sabino: